에로틱한 찰리
여성민 시집

문학동네시인선 068 여성민
에로틱한 찰리

시인의 말

톰과 찰리와 스티븐에게
이제 우리 서로를 증오했으면 해
고맙고 사랑하고 지겨우니까

2015년 3월
여성민

차례

시인의 말   005

1부 보라색 톰
불가능한 슬픔   012
진술로 가득한 방   014
의자 위에 올빼미   016
파이프   017
보라색 톰   018
타일들   020
유리병   022
장미 통신   024
커피와 도넛   026
시애틀   028
뱀과 핀셋   030
사각의 식탁   032
앨버트   034
스미스 부인   035
선지자   036
아프리카입니다   038
니스   040
새와 모자   042
무엇이 오는 방식   043
슬픔이 오는 쪽   044

2부 에로틱한 찰리

세 번의 방   048

불빛   050

섬광   052

한 번의 경배   054

장미 여관   056

찢은 복도   058

에로틱한 찰리   060

오렌지   061

비전들   062

연애의 국경   064

얼굴처럼   066

꽃병의 감정   068

9월의 구애   069

낭독   070

사과의 둘레   072

여자친구를 구함   073

키스   074

야경   076

초록색 방   078

3부 모호한 스티븐

야곱에게 082

건축 084

유리공예가의 죽음 086

접은 곳 088

언약 090

모호한 스티븐 2 092

모자의 진화 094

취미 생활 096

비밀 098

방과후 100

파이프를 토해내는 새 102

튜브와 큐브 104

조지 버나드 쇼 105

시간은 어디에서 태어나 무엇으로 사라지는가 106

비에게 108

백진희를 봤다 110

모호한 스티븐 1 111

열세번째 이모에게 112

저무는, 집 114

해설 | 사라지는 세계와 살아나는 이야기   115
        | 오은(시인)

1부

보라색 톰

불가능한 슬픔

이것이 너의 슬픔이구나 이 딱딱한 것이 가끔 너를 안으며 생각한다

이것은 플라스틱이다

몸의 안쪽을 열 때마다 딱딱해지는 슬프고 아름다운

플라스틱

하지만 네가 부엉이라고 말해서 나는 운다

피와 부엉이 그런 것은 불가능한 슬픔 종이와 철사 인디언보다 부드러운 것
그런 것을 떠올리면 슬픔은 가능하다

지금은 따뜻한 저녁밥을 생각한다
손으로 밥그릇을 만져보는 일은 부엉이를 더듬는 일 불가능한 감각

상처에 빨간 머큐로크롬을 바르고 너를 안으면 철사와 부엉이가 태어난다

철사로 너를 사랑할 수 있다

종이에서 흰 것을 뽑아내는 투석 그러나 너를 안으며 생
각한다 이것은 플라스틱이다

다른 몸을 만질 때 슬픔이 가능해지는

불가능한 플라스틱

진술로 가득한 방

우선 기린에 관해 말해보자

너와 나는 탁자를 사이에 두고 있다 어쩌면 격렬한 상태
인지도 모른다 그러니까 기린은 물리학의 대상인지도 모른
다 얼마만큼의 힘이 가해져야

숟가락을 탁자에 박을 수 있을까 일단 숟가락을 탁자에 박
으면 기린은 완성된다

기린은 키가 크고 긴 다리로 걸으며 창문을 들여다본다

기린이 걸으면 기린 형상의 벽돌들이 천천히 걷는 것 같
다 나는 기린과 예쁘게 쌓아놓은 벽돌을 구별할 수가 없다
속을 잘 파내서 한 마리 기린으로

굴뚝과 벽난로를 만들어보자 굴뚝 끝에는 푸른 별들이 있고

우린 기린을 부숴 방을 만들 수 있어서 좋다 방에는 푸른
별과 찢긴 기린들이 가득하고

너와 나는 탁자를 사이에 두고 있다 탁자와 숟가락을 랩으
로 싸서 기린의 피부를 만들어주기 위하여 그러니까 이 방
에서 진공으로 압축하고 있는 것은 무엇일까,

진술하기 위해서 우리는 숟가락을 들고 탁자에 앉아 있다

최후에는 기린의 자세로 일어서기 위해서

의자 위에 올빼미

올빼미에 관해 쓴다 그러니까 발생이라는 단어와 쿠바와 올빼미에 대해 쓴다 비가 내린다 비가 내리면 제격인데 무슨 말입니까 아름다운 말입니다 지루한 고동색입니다 캥거루 구두약이 많아서 양말을 벗고 올빼미를 신는다 보스턴과 보스턴 고동색과 고동색 그래서 끓인 올빼미에 대해 쓴다 올빼미와 자고 싶다고 쓴다 김정호는 죽었다 의자 위에서 죽었다 방에는 단 하나의 의자도 존재하지 않았는데 비가 내린다 의자는 처음부터 존재하지 않는다 올빼미는 어떻게 가능한 걸까 세수를 하고 양철로 얼굴을 닦는다 아니 올빼미 물론이지 우리는 쿠바를 사랑해 무슨 말입니까 말 그대로입니다 의자 위에 올빼미입니다 그러니까 올빼미의 피와 올빼미의 눈을 오래된 성냥통에 넣는다 고동색과 고동색 성냥과 성냥공장은 그렇게 발생한다 영원한 것은 지루함 뿐이지만 양철을 손에 쥐면 올빼미는 주황색이 된다 오렌지 속에 올빼미 비가 내리면 제격인데 양철을 쥔다 물론이지 우린 쿠바를 사랑해

파이프

그때 나는 하나의 파이프에 대해서만 생각하고 있었다 은빛 상자와 함께 당신은 리볼버 한 자루를 내게 선물했다 세계는 어떻게 지속되는가 상자를 열며 회의한다 절단된 파이프는 회의주의자들의 단절된 눈 세계는 의심으로 지탱되고 전쟁과 평화는 파이프의 미로처럼 복잡하다 파이프로 당신을 본다 당신의 눈은 그레이 파이프와 같은 색이다 파이프로 보는 세계는 통합되지 않는다 세계는 여섯 개로 분할되고 미래의 신화는 여섯 개의 파이프에서 탄생한다 파이프는 연결되지 않기 위해 존재한다 파이프와 파이프를 연결하는 것은 당신의 불안이다 신이 여섯 마디 말로 세계를 창조할 때 불이 가득한 손으로 나는 연결될 수 없는 여섯 개의 짧고 고요한 파이프를 쥔다 파이프 안에는 파이프들이 있고 파이프 안에서 충돌하는 것은 신념이 아니라 식욕이다 격발한다는 건 파이프를 통해 배설한다는 것 당신의 눈은 그레이 파이프의 본질이다 여섯 개의 파이프를 들여다보는 눈과 격발의 순간 눈에서 타는 한 번의 붉음에 대해 생각할 때 방금 불안을 수습한 폭력적인 손으로 당신이 평화롭게 커피를 내린다

탄피는 왜 따듯한 걸까 사람의 온도처럼

이제 조용히 생각에 잠기렴

그리고 당신은 빛에 대해 말했다

보라색 톰

하지만 어머니와 유부녀를 좋아해 안식일에는 랍비의 아
내를

보라색 톰, 이라고 적으려던 것인데

그것은 심장 대신 몸의 안쪽에 걸어놓은 모자이거나 매니
큐어를 싣고 가는 군함

네가 앓는 병에 매니큐어의 이름들을 붙일 수 있다면 주
황이나 귤색이라는 병명을 적고

즐거운 환자가 될게 병실 옆에서 보라색 톰을 팔게

너의 머리는 붉고 탐스럽다 젖을 물면 모자의 빈 곳을 알
게 된다

그러면 너는 내 엄마인가,

그럴 리가 없다 너는 환멸에 대해 말하고 즐거워지지

네게서는 군청색이 흘러나온다 굿 나잇

유부녀를 만날게 모자와 매니큐어를 좋아하고 사랑이 끝

난 후에는 그것을 버릴 줄 알므로

  군함을 저어 갈게 즐거운 병동에서 환멸의 병동으로 환
락과 환멸은

  같은 기도 눈 오는 여관방의 적막을 생각하지 그것 말고
는 행복한 적이 없으므로

  너는 눈이 예뻐서 굿 애프터눈 지껄이며 안식일이나 안나
같은 이름의 매니큐어를 안고

  긴 문병을 간다 너의 유배와 나의 유죄에게

  깨끗한 환자복을 구해 병원 이름을 지울게 헤이 톰, 이라
적고 울게

  하지만 안식일에는 병자들의 아내를

타일들

가지런하고 타일은 아름답습니다

당신은 괜찮습니까

황홀하거나 타일의 방에서 만나요
슬픈 발로 서 있으면 찾을 수 있을 거예요

오, 판결문처럼, 규칙과 반복
하얀 타일을 들고

엄숙하게 선서해요 고요한 정사를 위해 타일들과 결혼해요

타일을 신고 걸으면 나는 두 발이 빛나는 사람

당신의 가슴은 달고 사과처럼 차가워요
따뜻한 물로 발을 씻고 두 발을 앞으로 내밀어요 발톱을
가진

심장이 됩니다,

더 슬픈 발로 서 있는 사람이 됩니다
당신들은 괜찮습니까

타일 하나가 깨지는 날 우리는 집으로 돌아오지 못하고
발은 유죄를 선고받지만

타일을 타인처럼 사랑하면 돼요 타일과 걸어요
슬픈 발과 슬픈

발을 동시에 내밀면 심장으로 걸을 수 있고
타일은 소리를 갖게 됩니다

양말을 벗고 타일 앞에서 만나요 박동 소리를 들어요
발이 타일을 깨고 나가는 소리를

아픈 발의 증언을

유리병

　학교에서 돌아온 언니가 유리병을 들고 들어온다 언니는 감자를 깎아 유리병에 넣는다 감자는 마당에 쌓이고 언니는 끊어지지 않게 잘도 깎아 껍질을 병 속에 담는다 유리병 안에 껍질이 쌓인다 예쁜 동생아 계단이라고 생각해 빈집에서 가장 먼저 사라지는 건 계단이야 음악을 들으며 언니는 즐겁게 감자를 깎는다 계단은 병 속으로 사라지고 나는 사라지는 계단을 따라 유리병 속으로 들어간다 계단은 왜 밑으로 사라지는 걸까 계단이라는 중독 계단이 하나씩 사라져 집은 점점 빈집이 되고 나는 계단이 사라진 집에서 살금살금 건너뛰며 돌아다닌다 왈츠는 문틈으로 흘러나온다 감자를 깎는 언니는 칼에 손가락을 베인다 피가 나고 있어, 언니 걱정 마 그냥 피인 걸 감자 하나도 적시지 못하는 한 방울의 피 아이를 갖게 되면 네 몸에도 유리병이 생기지 붉은 병을 보여줄게 그리고 흰 병 계단은 자꾸 사라져 조금씩 집이 무너지는데 무너지는 집에서 언니는 감자를 깎는다 왈츠는 문틈으로 흘러나오고 나는 사라진 계단을 따라 지하실로 내려간다 지하실을 갖는다는 건 심벌즈 같은 거란다 동생아 여기서 내가 울면 거기서 네가 들을 수 있지 언니는 감자를 깎고 나는 한 벌의 심벌즈 소리에 귀를 기울이고 성스러운 것은 언제나 계단 아래 있다 계단은 사라지고 계단은 생기고 나는 지하실로 지하실로 내려간다 집이 무너져 모든 것이 희미해진다 동생아 성스러움은 언제나 계단 아래 있지 언니는 자꾸 손을 베이고 유리병 안으로 피의 계단이 쌓인다 내가 유리병을 깬다 언니, 붉은 병을 보여줄게 다음엔 흰 병　　—

장미 통신

어제는 장미와 심장을 말렸어 다행이야 진보 대신 진화를 택해서

군락지가 발견되었다는 소문도 있었지만 확인된 것은 없어 사라진 도시의 야경이 아니었을까 생각하고 있지 장미의 유령은 어디에나 떠돌고

우리는 장미처럼 붙어 있어 꽃잎이 한 장 떨어지면 필사적으로 서로를 끌어안는 방식으로

통신을 하며 뒤의 서늘함을 견디고 있어 아직 장미의 계절이 아니므로

물구나무는 서지 말 것 지하실이 쏟아지며 필 수도 있으니

발굴은 실패했어 꽃잎을 한 꺼풀씩 벗겨내며 행복했지만 미라를 장미로 오해했어 장미 대신 미라를 전한다 걱정하지 마 중세의 어떤 대륙에서는 미라를 꽃처럼 사고팔았대

아름다운 그대로 말라갈 수만 있다면 언젠가 장미로 발굴될 거야 그러니

걱정하지 마 근친은 많고 우리는 지하실처럼 안전해 등으

로 간신히 앞을 확인하며 장미에 대해 빠르게 타전하지 꽃
잎을 말리고 빻아 화약으로 압축하는 방법에 대해

말하자면 장미와 권총에 대해

강선을 따라 탄두가 회전하며 날아갈 때

꽃이 타는 향기와

넝쿨처럼 뻗어가는 장미에 대해, 알리지 말 것, 향유를 바
르고 장미 통신을 잠시 폐기할 것

커피와 도넛

도넛의 구멍이 사라지게 하려면 어떻게 해야 합니까

구멍의 둘레를 먹어치우면 됩니다

뉴욕에 사는 알 샤히드가 리우데자네이루에 사는 파란 눈의 미녀를 생각할 때

아이들의 눈빛이 탄착점처럼 사정거리 안으로 들어올 때

어떤 들판에 서서 어떤 고요를 뒤집어본다 별은 가득하다

들판의 무덤을 뒤집으면 양떼가 됩니다 하늘의 별들을 뒤집으면 무엇이 됩니까

팔레스타인의 어린 목동이 헤드폰으로 양의 눈을 겨눈다

암스테르담 노천카페에서 바리스타가 흰 우유로 천사의 날개를 그려넣는다

따뜻한 커피와 던킨 도넛, 구멍을 들여다보는 이방인 처녀

반짝이는 타일의 거리가 도넛의 구멍을 지나 빈 탄창처럼 날아간다

카불의 외곽에선 아이들과 어른들이 녹은 설탕처럼 엉겨 있다

   아버지와 아들을 관통하며 세계의 심장과 세 개의 심장을 관통하며

   부드럽게 구멍을 통과하는 저 불빛은 무엇입니까

   방금 떠오른 질문처럼

시애틀

시애틀 시애틀 하는데 밤이 온다 밤은 어디에서 오는지 시
애틀에서 오는지 양은 보이지도 않는데 메에에 양 우는 소
리 들려 양을 센다 라이언 하나 라이언 둘, 하고 양을 센다
양을 세는데 라이언은 왜 튀어나온 것일까 고소한 흑염소도
아니고 무서운 라이언 양을 세다 말고 맥 라이언을 생각한
다 맥 라이언과 톰 행크스는 부부다 맥과 톰은 틀림없이 부
부고 부부니까 틀림없이 잘만 자고 그런데 왜 양들은 밤에
도 잠을 이루지 못하는지 나는 누워서 자꾸 양을 세고 세계
의 불안은 어디에서 오는가 생각하고 시애틀 시애틀 호텔의
이름을 중얼거린다 호텔의 이름이 길어서 잠이 오지 않는
것일까 양은 보이지도 않는데 메히힝 양이 울어서 오늘은
날이 샌다 어쩌면 양 우는 소리가 아니라 말 우는 소리일지
도 몰라 스크린 경마장을 센다 왜 사람들은 기수처럼 등을
구부리고 자고 왜 말은 모두 서서 잠을 자는지 얼마나 공중
에 중심을 분산시켜야 저렇게 서서 잠을 잘 수 있는지 세 번
질문 하고 세 번 이를 닦고 이를 닦을 때마다 치열이 치열하
다 치열한 치열로 히히힝 누군가 우는 소리 들려 나는 이를
센다 이 세계의 상실은 어디에서 오는지 노르웨인지 마콘도
인지 알 수 없는 곳에서 알 수 없는 것들이 달려온다 사자처
럼 달려온다 맥 라이언과 톰 행크스는 부부가 아니다 톰 행
크스와 톰 크루즈가 부부다 톰은 사방에 숨어 있다 톰, 톰,
톰 어릴 때는 톰보이를 사러 동대문 시장을 돌아다녔지 다
들 톰이 되고 싶었어 교실에서는 합창하듯 아이 엠 톰을 중

얼거렸지 톰이 된 줄 알았어 미시시피의 톰 소여로부터 지
붕 위의 고양이 톰까지 톰, 톰, 톰 톰은 사방에 숨어 있다 마
구간에 엎드린 톰 베린저가 저격용 총을 들고 망원경에 눈
을 가져다 댈 때 파르르 넘어가는 톰슨성경 누가복음의 장
면들 세상의 절반이 톰인데 왜 톰, 하면 크루즈미사일이 생
각날까 숲이 슬피 울고 불면은 수면 위에 떠 있고 시애틀과
노르웨이와 마콘도에 대해서 생각하고 과연 이 세계의 고독
은 어디에서 오는가 세계는 보이지도 않는데 메에엥 세계가
우는 소리 들려 톰 하나 톰 둘, 하고 또 이놈의 세계를 센다
호텔의 이름이 길어서 잠이 오지 않는 것일까 시애틀은 가
본 적도 없는데 시애틀 시애틀

뱀과 핀셋

간절해서 간지럽습니다

이리 와요 침대에 누워요 당신은 아직 뱀이 아닙니다

양말입니까 식칼입니다

핀셋으로 누군가의 눈알을 집어본 적이 있습니다 타일 하나가 떨어지며 깨지면 나비가 됩니다 그런 이치로 사마귀처럼 핀셋이 뜁니다 핀셋처럼 계단이 쩍 벌어집니다

이런 이런 곤충채집입니까

핀셋이 놓친 붕대입니다 흠뻑 피를 먹고 기어갑니다 신물이 날 때까지 통통해지며 통통해지며 뱀처럼

이리 와요 내려와서 침대에 누워요 당신은 아직 뱀입니다

하지만 누울 수가 없습니다 간지럽습니다 이 토사물을 좀 봐요 허물처럼 끝없이 밀려나오는

한 번 끓어오른 적이 있는 세계니까요

결국 세계입니까

고작 죽었습니다 간절해서 포기하는 세계입니다

사각의 식탁

식탁에 오래 앉아 있으면 무릎에 힘이 몰린다 아이야 너는 무릎이 부어올랐구나

오렌지처럼 혹은 글러브

그러면 이제 사각의 식탁으로 오르렴 하얀 타월을 목에 두르고 섀도복싱을 하듯 어깨의 뼈와 몸을 좀 숙이며 전진 전진하지만

둥근 것은 착착 포개진다 본차이나 접시처럼 너는 무릎의 골격을 더 다듬어야 해 맨주먹으로 보이도록

그런데 한 손이 밥을 먹을 때 한 손은 무엇을 할까

질문하지 않을 때만 우리는 가족이 된다 접시와 접시 사이로 빛이 들어오면 잭나이프처럼 손가락을 펴서 빛의 건반을 누른다 뚝, 뚝, 흑백의 피가 흐르고

오렌지를 따듯 식탁 밑에서 글러브를 따는 아이들
식탁을 뒤집으면 말구유가 된다

혹은, 뒤집힌, 언약궤

여기 글러브를 닮은 무덤이 있군 그러면 우리가 함께 관 ⎺
을 내리자
　아이들이 모여 식탁으로 사용할 수 있게

앨버트

앨버트 아인슈타인이 있고 앨버트 까뮈가 있다 참을 수 있는가 앨버트는 무엇인지 제임스 딘처럼 오늘밤 연애를 위해 낭만주의자들이 속에 입은 속옷일까 부드럽고 감촉이 좋은 것 같지만 막상 앨버트 앨버트 앨버트만 꺼내 불러보면 앨버트는 딱딱하고 색이 없다 앨버트는 구조가 없다 구조가 없는 앨버트에게 구조에 관해서 설명하기란 쉽지 않아서 앨버트 어디 있는가 물에 빠진 앨버트 아인슈타인이 있고 앨버트 까뮈가 있다 우리가 자넬 구조하러 왔다네 앨버트 보트를 타고 손전등을 비춰보지만 앨버트는 보트보다 애인들의 입술 위에 있다 앨버트 아인슈타인을 알베르트라고 부르는 앨버트의 애인이 있고 앨버트 까뮈를 알베르라고 부르는 앨버트의 애인이 있다 참을 수 있다 애인은 앨버트처럼 색과 구조를 갖지 않으니까 부드럽고 감촉이 좋으니까 파고들기 위해서 앨버트 하고 부르지만 파고드는 순간에는 구조가 발생한다 앨버트 하고 부르는 순간에 앨버트는 사라지고 구조만 남는다 구조를 가진 하얀 방처럼 구조를 갖는 검정 앨버트를 참을 수 있는가 그렇게 되면 구조를 가진 앨버트와 구조를 가지려는 앨버트들이 있고 그렇게 되면 우리가 참아야 하는 것은 뭘까 앨버트

스미스 부인

스미스처럼 스미스 부인은 웨슨과도 그렇고 그런 관계였다 자신은 스미스와 웨슨의 것이라고 공공연히 말했고 스미스는 긍정했다 스미스가 웨슨의 방에서 나온 뒤 스미스 부인이 웨슨의 방으로 들어가는 장면이 목격되기도 했다 스미스 부인은 스미스와 웨슨의 탄알이 근본적으로 다르지 않다고 말했다 그건 스미스의 은어였다 스미스처럼 스미스 부인은 인디언 마을의 붉은 흙을 좋아했다 사과를 깎으며 머리 가죽이 벗겨진 빨간 인디언들의 이름으로 긴 노래를 지어 불렀다 붉은 흙에 피가 떨어지면 검은 흙이 되었다 기병대는 인디언들의 눈이라고 불렀다 코코넛 나무 위로 올라간 저격병들은 인디언들의 눈을 과녁으로 사용하였다 평화란 장전에서 격발까지의 시간이라네 스미스의 말을 스미스 부인은 자주 인용했다 톱니가 있는 군용 나이프로 인디언들의 눈을 찌르며 스미스처럼 코코넛을 파먹거나 자신의 입에서 검은 과녁이 자라고 있다는 스미스의 농담을 웃으며 따라 했다 스미스 부인은 모든 일을 스미스처럼 했다 스미스 부인이 스미스처럼 하지 않은 일은 한 가지뿐이었다 스미스는 신을 믿었다 불빛들이 반짝인 후 스미스와 웨슨의 방에서는 서로 다른 종류의 탄피들이 발견되었다 스미스 부인은 그 일에 대해 끝까지 함구했다 스미스는 어느 평화로운 날 죽었다

선지자

기타를 꺼내요 살아 있는 새 백 마리를 넣거나
다정한 걸 넣어줄게요

토마토와 전기톱
하지만 눈물이 흘러요

두 개의 방이 있고 하나의 방에는 토마토가 가득해요
하나의 방에는 무엇이 있을까

용서라 말하고 울죠
손에서 아이스크림이 녹고 있어요

국화가 되려고

하지만 토마토와 전기톱
브라질은 검다

종이는 하얗다
나만 울지 않았죠 그래서 선지자가 되었죠

분명한 밤이 많아서 물을 끓이죠
조금 다정해질게요 기도 시간에 한쪽 눈을 뜨는 일

충혈된 눈 하나를 톱날로 간직하는 일   —

하지만 눈물이 흘러요
토마토와 전기톱

아프리카입니다

이곳은 아프리카입니다
나는 아카시아 고봉밥으로 퍼먹고요
아버지는 거실에 앉아 자꾸 토합니다
아시아 아메리카 세계지도가 밀려나옵니다
미끄러지면 아프리캅니다
치워도 치워도 이 세계는 치울 수가 없습니다
엎드려서 잠을 자보기로 합니다 생각으로 잡니다
아버지 코가 쑥 길어지고 새까만 반죽이 쏟아져나옵니다
아프리카입니다
나도 쑥 코를 밀어넣고 싶어집니다
아프리카니까 코끼리처럼 코를 밀어넣고 싶어집니다
그런데 살구나무가 먼저 살그머니 일어납니다
아카시아가 아버지 눈을 쿡 찌릅니다
꽃을 따먹으면 꿀이 나옵니다만
에라, 모르겠습니다
아카시아를 뽑고 아프리카를 심습니다
바오밥나무처럼 뿌리를 지붕에 척 걸어두면
내일은 밥이 나올지도 모릅니다
하늘에 떠 있는 코코넛
남은 아프리카로 집을 지어봅니다
아프리카로 지은 집은 달고 시원합니다
아무도 모르게 바삭바삭 움직여 밤엔 집이 넓어집니다
아프리카는 풍성합니다

집을 짓고도 반죽이 남습니다
가나 초콜릿은 어디로 가나, 아프리카로 가나
초콜릿도 만들어 먹습니다
치카치카 이를 닦습니다 나보다 이가 하얀 아이들이
텔레비전에 나와 하얀 것을 뽑아 던집니다
아프리카입니다
나는 내 아프리카를 보러 지붕으로 올라갑니다
아프리카는 잘 자라지 않습니다 아프니까 잘 자라지 않
습니다
아프리카를 뽑고 아메리카를 심어야 할까 생각해봅니다
아메리카는 잘 자랄 거라고 누가 잠꼬대를 합니다만
이를 하나 지붕에 심어두고 내려옵니다
달처럼 자라면 아프리카를 옮겨 심고
지붕에 앉아 코코넛을 따먹으며
계속 아프리카입니다

니스

세계를 보존하는 일은 간단해
흥분하지 않기
엎지르지 않기
니스를 칠하기 윤이 나는
이 세계를 사랑해
첫 작품은 훔친 의자였어
껍질이 벗겨진 세상이 반짝였지
니스는 은유가 벗겨진 세계의 은유
아빠의 등은 흐렸고 엄마의 목은 서툴렀지
밤마다 벽을 보고 앉아
우린 서로의 등에 니스를 칠했지
천국으로 가는 계단이 반짝이고
신드바드의 융단이 반짝이고
새벽엔 반짝이는 배를 타고
여행을 떠났지 어쩌면
베니스였거나 어쩌면
달이었는지도 달에 니스를 칠했어
새로 산 변기처럼 달이 반짝이는데
지구에 니스를 칠했어
지금 박힌 못처럼 지구가 반짝이는데
배가 등에 충돌하고 있었어
등이 못에 충돌하고 있었어
어쩌면 베니스가 아니라

앨리스였는지도
충돌하지 않기 위해 전력으로 충돌하는
구멍들을 사랑해
사랑하지 않기
찢어버리지 않기 내면에도 듬뿍
니스를 칠하기
니스는 해몽이 사라진 세계의 악몽
빨랫줄이 반짝이고
못이 반짝이고
반짝반짝
두 개의 못처럼 반짝이는
녹슨 눈을 용서해

새와 모자

날아든 적 없는 새가 보였다 귀퉁이에서 어른거리는 새를 찾아 더 안쪽으로 들어가면 방안에 방이 있다 들어갈수록 방은 점점 작아진다 아주 가벼운 모자처럼

방은 몇 개의 모자로 만들어지는 걸까 모자 안에서 퍼덕이는 새소리 허브리

제사장들은 새를 쪼개지 않는다고 너는 말해주었지 이해할 수 있니? 새를 찢으면 두 개의 귀가 생기는데, 왼쪽과 오른쪽, 찢은 책이거나 구름, 두 개의 귀를 붙이면 새는 추락해?

비밀을 하나 말해줄게 새를 쪼개면 흉터가 된다 오래전 하나의 흉터가 폭발했을 때 너는 흘러나왔다 비밀을 감추기 위해 눌러쓴 모자처럼

얼굴의 한쪽이 흘러내리면 너의 흉터를 보여줘 얼굴을 뒤집어서 모자로 씌워줄게

모자를 쪼개면 구석과 구석으로 분열한다 구석을 뒤집어 쓰면 불 꺼진 예배당 들어가면 자꾸 속죄할 일이 생겼다 새를 쪼개고 나오면 멀리서, 빛

무엇이 오는 방식

가령 이런 식, 비가 내리거나 시럽을 듬뿍 넣은 카페라테를 마시거나 비가 내리거나 외롭지 않기 위해 동물원에 가거나 비가 내리거나 흔들리며 흔들리며 비가 내리거나 가령 이런 식, 가까운 숲에서 먼 숲으로 길이 사라지는 지하에서 옥상으로 계단이 사라지는 508동에서 511동 뒤편으로 손전등 불빛이 사라지는 지상에 먼저 도착하기 위해 아이가 신발을 벗는 그러니까 가령 이런 식, 국경선의 한 무리 양떼 옆에 딱딱한 빵을 뜯다가 세 개의 강에서 올라오는 푸른빛을 보며 무릎을 만지는 경계병 소년 옆에 에이케이소총 옆에 소년은 모두 손가락이 길다 케네디는 아직 비행기를 타지 못했다 쓰레기를 뒤지는 개 축구공이 터진 공터 깨진 유리창으로 햇살이 스며드는 스타벅스 매장 옆에 콘크리트 철근에 매달린 트랜지스터라디오 옆에 예스터데이 음 음 음음 예스터데이 옆에 오줌을 누다가 길의 끝을 바라보는 어린 소녀의 눈동자 옆에, 죽은 눈, 죽은 눈, 그러니까 길의 끝에서 아무것도 오지 않는

슬픔이 오는 쪽

프랑크푸르트로 간다 밤은 프랑크푸르트에서 오고 프랑 크푸르트의 밤은 푸르다

밤은 오므린 손을 펴듯 온다 너는 슬픔이 오는 쪽으로 눕 는다고 말한다 나는 베이징으로 간다 베이징을 지나 장마전 선이 북상중이라는 말을 들었다

아침이 오기 전에 새들은 떠났다 쫓겨가는 것은 무엇이나 아름답다 나는 벌써 찬란하다 너의 첫 논문은 재의 도시에 관한 것이었다 나는 룩셈부르크로 간다

하나의 심장이 멈출 때 하나의 별은 태어나지 돌은 하나 의 속도 바람은 어제에 속한다

나는 폼페이로 간다 타인들의 타락을 사랑했던 도시 고린 도로 간다 등에서는 열 개의 별이 타오르고 허리에선 두 개 의 바람이 흩어지지 나는 시카고로 간다

별들은 장외로 날아가 돌아오지 않는다 스타디움 뒤에서 실밥이 선명한 별을 주우며 출루 없는 하루를 견딜 때 석 양보다 생선의 죽은 빛이 먼저 오는 오사카에서 여자를 안 을 때

어쩌면 권태로운 방향 같기도 하다 심장은 여태 자전하고 ⎯
있는지 별과 별 사이를 건너본 일이 있는지 너는 묻는다 밤
은 거의 숲을 빠져나왔다

　나는 베를린으로 간다 너를 지나 밤의 숲이 오는 쪽, 나는
더블린으로 간다

2부

에로틱한 찰리

세 번의 방

쌍둥이가 되고 싶어 나는 너의 눈에서 솟아난 말뚝

검은 장막을 뚫고 음악처럼 즐겁게 쏟아질 때 세 번의 파
멸과 세 번의 신음으로 네가 나를 받았다 너의 눈에서

나는 네가 보는 것을 보았다 네가 사랑하는 것을 증오하
기 위해

하얀 예복을 찢고 나는 너로 분열한 시럽

두 개의 컵으로 숨을 쉬지 컵이 부수는 방의 꽃과 불안을
생각하지

브라운을 생각하지 방에 꽃과 브라운이 가득해지도록 하
지만 브라운이란 뭘까 네가 물어서 나는 울며 너의 밖에서
생겨나는 방

세 개의 방이라는 말과 너는 달콤하다 세번째 방이라는 말
과 너도 달콤하다

세 번의 방이라는 말 이전에 나는 죽는다 브라운이라는
하루

하나는 쌍둥이가 될 수 없어 흰 예복과 시럽으로 네가 나
를 만들었다 네가 나로 분열했었다

몸을 물어뜯고 입안에서 꽃과 말뚝이 창궐하도록

불빛

불빛을 보았다고 너는 말했다 언덕이었고 나무에 가득 달
린 불빛을 보았다고
불빛은 얼마나 신비로운지 너는 내 손을 잡아 언덕을 올
랐고

불빛이 살인자에 대한 비유라는 것을 어떻게 설명해야 하나
차라리 어두운 방에서 서로의 몸을 만지자 하지만

나무와 불빛
나무와 불빛

신비로움은 저 안에 있는데 언덕을 내려와 너의 방으로
들어가도
너는 불빛 앞에 있었다 알 수 없는 슬픔이 밀려왔고

유리의 방은 경이롭다 등과 등 안의 불빛처럼
유리 안에서 몸이라는 물질은 빛난다

몸을 확인하기 위해 유리를 깨고 들어가는 나는 경이롭다
한 점에서 시작해 온몸에서 솟는

이것은 얼마나 구체적인가

그것을 보여주려고 언덕으로 왔을 때
놀라움이 가득한 얼굴로 내 앞에 서 있는 너를 보았고

나무와 불빛
나무와 불빛

이걸 좀 보세요 분노라는 것은 얼마나 신비로운지
구체적인 것으로 찌르는 구체적인 슬픔

그리고 어두운 유리의 방으로 네가 들어갔다 살인자의 비
유를 이해하면서

섬광

충분히 증오하기를

해바라기 양말을 신기고 해바라기를 들어올리며 너의 몸
으로 들어간다 벨기에 벨기에 너는 모르는 말을 중얼거린다
요 귀여운 것아 나는 외국에 가본 적이 없단다 해바라기 밭
에서 나가본 적도 없지 얼마나 넓고 잔인한지 그런데도 너
는 외국을 보여달라고 칭얼거린다 벨기에 벨기에 하면 귀가
간지러워요 그렇다면 외국은 어디에서 오는가 채광 좋은 침
대에서 누군가 알몸으로 크레용 양말을 신을 때 외국의 감
정을 숨기고 해바라기를 잘라 찌를 때 나는 섬광을 본다 너
는 열 개의 유리그릇을 꺼내놓고 내가 본 섬광을 하나씩 가
둔다 그러므로 충분히 증오하기를 증오라는 말이 증거라는
말로 들릴 때까지 귓불이 간지러워 붉어질 때까지 해바라기
양말을 신기고 해바라기들을 들어올린다 아니요 묻지 않은
말에만 대답해줘요 벨기에 벨기에 하면, 오오, 귀여운 것 그
러니 유리그릇들을 감추고 해바라기 밭에서 걸어나가자 붉
은 섬광으로 눈이 멀었다는 사실을 숨긴 채 서로의 내장이
빛날 때까지 우리가 들어올린 해바라기들을 잊을 수 있도록
하지만 기억이 난다 무언가를 파묻은 기억

아니요 농담을 배우세요 다른 나라의 농담을

해바라기 양말을 벗고 빛나는 발로 걸어나가 네가 더 작

은 유리그릇을 가져온다

  귀여운 것아 그러면 여기에 나의 무엇을 담으면 되는가 네
가 가져온 유리그릇으로 들어가

  섬광을 본다 섬멸하듯 한순간 이쪽에서 저쪽으로 사라지는

  해바라기 밭처럼 믿음이라는 증오처럼 그러므로

  충분히 타버리기를

한 번의 경배

애인이 분홍 의자를 들고 들어왔다

그러니 울지 말아요 따듯한 뼈의 이야기를 들려줄게요

신성하고 불안했으므로 나는 나에게서 나왔지 삐걱거리
는 판자에서 나왔지
방은 의자만큼 작아지고 의자는 단 하나의 나무가 될 때

뼈와 판자의 종교로 개종합니다
쓸 만한 애인은 없지만

분홍 뼈와 뜨거운 판자로 또하나의 의자를 만들 수 있다

의자가 둘이면 애인도 둘 울지 말아요 못으로 귀를 뚫고
사랑한다고 말해요

사랑은 의자보다 불안하고
의자는 사랑보다 가능하며 신성하므로

예배를 이해하거나 기도 시간에 다른 이와 혼약한 사람의
뼈를 만져보는 일은

고요한 일

슬프지 않으려고 의자를 쓰다듬는 슬픔
그러니 제발 나를 위해 울어요

바람 많은 숲으로 가지 말고 예배당이나 법원으로 가서
애인을 버려요
판자를 버리고 더 깊숙한 종교로 개종할 수 있도록

못이 들어가며 보게 되는 깊이로

거울에 분홍 성기를 박고 손을 들어 경배할 수 있도록

장미 여관

아무렇게나 떠오르는 첫 문장으로 인사를 하고 장미 여
관에 가요

애인은 한 마리 새와 핏빛 노을 계단은 파라핀처럼 녹아
내리고 방금 사랑을 나눈 방에선 하얀 밀이 자라요 벽에는
귀를 댄 흔적들이 포개져 있죠

자다가 일어나 차가운 물을 마시고 발포와 발화에 대해 생
각한 적이 있어요

따뜻한 바람이 부는 도시 발화하는 총구에서 새의 눈이 태
어난다는 이야기를 들은 적 있죠

눈이 생겼다는 건 조준되었다는 것 방들은 접혀 있어요

문을 열 때마다 애인들의 얼굴이 뒤바뀌죠 아무렇게나 떠
오르는 첫 문장으로 인사를 하고 우리 장미 여관에 가요 애
인은 열 마리 푸른 나비와 핏빛 노을

애인의 그곳은 귀를 닮았는데요 밤이 오면 손을 포개고 그
곳에 귀를 밀어넣어요 한 개 두 개 밀어넣어요 까마귀떼처
럼 밀밭 위를 날아 검은 귀들이 사라져요

열 번의 밤이 오고 한 번의 아침

귀가 사라진 얼굴에서 장미가 돋아나요 영토 없는 꽃처럼

뒤집어져서, 벽에서, 검은 벽에서

꽃들이 발포해요

생의 마지막 문장은 언제나 꽃의 발포에 관한 것 아무렇게나 떠오르는 첫 문장으로 이별을 하고

젖은 복도

우리는 너무 가깝고 손목을 구부린다 손목을 구부리면 복도가 생기지 복도에서

복도로 이어지는 손목들 불을 켜면 팔꿈치에서 손목까지 불이 들어온다 모퉁이를 돌면 멀리서 어두운 손목 나는 영원히 복도의 끝에 다다를 수 없다

손의 뒤에 손목을 숨길 줄 아는 당신을 사랑해요

알아요 교묘하므로 나는 아름다워요

네가 없는 방으로 네 아내가 나를 이끈다 눈동자보다 먼저 오는 슬픔과 젖은 손 흩어지는 빛과 머리카락 사상은 침대 위에서 기꺼이 사살되고

붉은 유산(遺産)들이 장미보다 붉게 유산(流産)되는 밤

피가 흐르기 전에 빛은 몸안에서 핏줄이었다 처음부터 열고 나온 상처를 닫고 두 손으로 몸의 다른 곳을 찢어 내가 네 아내를 받아들일 때

네 아내의 몸이 필라멘트처럼 빛난다 발목을 구부리면 저쪽이 환한 복도

불을 하나 켜면 손목이 사라진다 또 불을 하나 켜면 발목이 사라지지 필라멘트처럼 빛나는 틈이 툭 툭 벌어지는 복도에서

복도의 한 곳을 찢어 복도로 벌어지는 복도에서

이제 불을 모두 켜면 무엇이 사라질까

알아요 손은 영원히 손목에 다다를 수 없어요

에로틱한 찰리

찰리가 에로틱해도 되는 걸까 문장은 이어지지 않는다 플룻을 부는 여자의 입술처럼 플룻은 은밀하다 나는 찰리에 대해 생각한다 창문에서는 붉은 제라늄이 막 시들고 있다 찰리는 어떻게 됐을까 찰리에 대해 생각하기 전까지 나는 찰리를 몰랐다 그런데 찰리를 생각했고 찰리가 걱정스러웠다 찰리를 생각하기 전의 찰리와 지금의 찰리 사이에 무엇이 지나갔을까 카페의 테라스에서 여자가 플룻을 꺼낸다 나는 찰리를 생각한 내가 찰리이고 누구인지 몰랐던 찰리는 찰리 a이며 지금의 찰리는 찰리 b라고 구별한다 문제는 찰리에 대해 생각하자 찰리가 떠났다는 것이다 어느 순간 찰리 a에 대해 생각했고 그러자 찰리 a는 찰리 b가 되었고 찰리는 빌리에 대해 생각하고 있었다 찰리에서 빌리로 옮겨간 것은 순간적인 일이다 붉은 입술이 플룻에 닿는 순간 찰리는 찰리 b가 떠난 것이라고 느꼈다 그러자 찰리 a가 누구였는지 생각나지 않았고 나도 찰리일 리가 없다는 생각이 들었다 그리고 빌리가 왔다 세계를 잠시 해체하는 것 같은 느낌이 찰리와 빌리 사이로 지나갔다 나는 그것을 에로틱한 각성이라고 적어둔다 여자가 플룻을 가방에 도로 넣는다 플룻은 숨어 있다

오렌지

　오렌지 밭에 모여 오렌지로 때린다 몸에 오렌지 멍이 들
도록 푸른 별에 오렌지가 없다면 얼마나 새파랗겠니 아빠는
해바라기를 밀고 오렌지를 심는다 숲으로 바람이 불면 나
는 화병 모양의 어둠을 들고 오렌지 나무 아래서 엄마를 기
다린다 엄마는 오지 않고 오지 않는 것이 무엇인지 몰라 천
천히 오렌지를 밟는다 오렌지가 터지고 숲으로 저녁이 온
다 저녁은 지그시 밟는 것 오렌지를 밟아 터뜨리는 것 오렌
지를 밟으며 울고 있을 때 주삿바늘을 쥔 언니가 나무 아래
로 온다 오렌지에 바늘을 찌르고 투석을 한다 눈을 뜨면 언
니가 오렌지에 푹푹 바늘을 찌르고 있다 이 언니는 오렌지
만 생각해 눈을 뜨면 동생들 가슴에서 오렌지를 꺼내고 있
다 펄떡펄떡 뛰는 오렌지는 정말 오렌지 같아 새 오렌지를
가슴에 품은 동생들이 새처럼 숲에서 떠오른다 오늘은 오렌
지로 폭탄을 만들래 오렌지들이 발아래 쌓이고 언니가 쓰러
지면 엄마는 화병을 이고 밭으로 들어간다 오렌지 나무 아
래서 화병 모양의 어둠을 들고 엄마를 기다리다 무엇을 기
다리는지 몰라 내가 울고 있을 때 숲으로 바람이 불고 오렌
지 나무가 사라진다 나는 오렌지들을 짓밟아 화병 모양의
어둠에 담는다 오렌지 오렌지 바람이 불고 아무도 없는 숲
에 화병만 하나, 고요히

비전들

너는 네가 지나온 숲과 전망 좋은 방에 관하여 말한다
나는 믿지 않는다 신비롭다고만 말한다

믿는다고 말하면 보게 될 것 같아
너의 눈은 검고 탬버린 같다

너의 뒤에서 도시는 이제 막 불이 들어오고 있다
너는 또 네가 겪은 일과 네가 본 비전들에 대해 말한다

신비롭다고 다만 신비롭다고만
나는 안다 네가 지나온 길에는 숲이 없다

아무런 일도 겪지 않았지만
너는 계속 그 말을 해야만 한다는 듯이 계속

정답고 슬픈 불빛에 휩싸인 방
부드러운 살을 발라 태엽을 감는 사람들

눈동자는 검고 영토 같다
한쪽에서부터 도시는 불이 꺼지고 있다

왼쪽 눈에서 기울어 오른쪽으로
그것은 평화롭고

한쪽으로 침몰한다

너의 뒤에 있는 도시가 어떻게 네 눈에서 보이는 걸까
무언가 꺼낼 수 있을 것 같은데 신비롭다고

그것은 성배처럼 묻힌다

옷을 입는 너의 앞에서 나는 숨이 막힌다
그것은 성배처럼 묻힌다

연애의 국경

정글은 손과 손 사이에 있다
내가 너에게 손을 내밀 때 사실은 뿌리를 내미는 것이다
대개 잠복기를 갖지만 잠복기 없는 케이스가 발견되기도
하는데
그런 경우 정글은 순식간에 확장된다
이때 국경이 발생한다
국경은 외부에 있지 않다 정글의 국경은 정글의 내부에
있다
국경은 생태학적으로나 지리학적으로 결정되지 않는다
손과 손이 맞닿는 순간의 일
그러니까 정글의 국경은 사건이다
언젠가 한번 정글을 여행한 적이 있다
정글을 걸으며 사람의 몸에서 먼저 사라지는 것은 말이다
우리는 느낌을 확장한다
뿌리를 더듬으며 걷지만 뿌리를 내리지는 않는다
손을 내밀어 서로의 국경을 더듬는다
그러니까 연애는 국경과 국경이 만나는 일이다
네 쪽으로 국경을 확장하는 일이다
나도 너처럼 정글의 빗소리가 그리워지는 순간이 있다
계산된 섹스 의미 없는 회화, 이때 정글은 귀와 귀 사이
에 있다
나는 너에게 귀를 내민다
사실은 장전된 총의 방아쇠를 내미는 것이지만

나는 방아쇠를 당기고 너는 국경 어디선가 사살된다
정글은 폭발하고 국경은 스스로를 확장한다
내가 너에게 손을 내밀 때
사실은 팽팽한 밖을 내미는 것이다

얼굴처럼

박스를 열어
귤을 꺼내보고 싶을 때가 있지
뒤적거리던 얼굴 같은
울컥하고 싶을 때가 있지
귤 같은 엄마와
귤 같은 애인과
소풍을 갔지
엄마는 글러브를 끼고
애인은 방망이를 들고
귤 한쪽이 파래서 울컥했어
귤 같은 얼굴
얼굴 같은 귤인지
밤마다 귤을 까먹으며
우아하게 발을 들었지
발레리나처럼
얼굴에 이르기 위해
세상의 모든 발은
곡선으로 시작해?
엄마는 글러브를 끼고
애인은 방망이를 들고
피카소의 얼굴들이 늘어져 있는
풀밭 위의 식사
배열이 괜찮았어

이별을 내놓기 위해
절단면으로 눕는 얼굴들
귤의 단면 같았어
실밥을 쥐듯
표정의 반만 쥐고
숲의 아주 미학적인 곳을 향해
강속구를 던질 때
그늘 속으로 날아가는
귤, 얼굴처럼
커브로
애인이 귤 같아서 좋겠어

꽃병의 감정

엄마는 왜 아저씨 위에서 예쁜 소리를 낼까
언제부터 너는 너의 폭력을
꽃 피는 춘삼월이라 부르기 시작했을까
나는 군데군데 피어나지
병에는 예쁜 장총들을 꽂아놓지
그것을 꽃병의 감정이라고 부르는데
너는 안으로 들어가고 싶어하고
나는 안으로부터 금지되고 싶어하고
꽃병엔 꽃이 없어
꽃병 안에는 꽃보다 더 어두운 것이 있지
나는 불온한 조짐들을 찾아다니지
코펜하겐으로 런던과 시모노세키로
그것을 감정적인 꽃병이라고 부르는데
죽을 때는 시인들의 이름을 암호처럼 말할래
꼭 한번 내 감정을 무작위로 퍼뜨려볼래
꽃병엔 꽃이 없지
꽃병엔 큰 라이플들과 작은 라이플들이 있지
그것을 나는 세계의 감정이라고 부르는데
빈병을 기울이면 쏠리는 적요
목을 열어 쏟고 싶은데

9월의 구애

9월의 구름은 장르가 다른 필름 배트맨 로빈 커팅 손가락
을 하나 자르고

9월에 집중해요 감정은 약간 바이올렛 당신을 버리기에
적당한 어둠

당신의 형과 언니 들이 국경일에 청혼을 하러 와요 나는 9월
의 밤과 9월의 방이 헷갈려요

예쁜 예배당을 지을 거예요 아홉 개의 방에는 기도문이 지
워진 아홉 개의 두루마리와 촛대

선언문을 읽으며 나쁜 자세로 결혼을 합니다 마디 두 개
로 걸어가는 손가락처럼

9월에 시인들은 모두 머리를 깎고 남자들은 목청껏 구애
의 노래를 불러요

여자들은 포도알처럼 유두를 내놓고 다니죠 9월에 태어난
아이들의 뼈는 바람

휘파람으로 새어나가죠 최루 멜로 커팅, 구애보다는 비
애, 약간, 바이올렛

낭독

이제 무엇을 낭독해야 하는가

고백을 위해 너는 방의 한가운데에서 일어나고

파괴와 몰락 중에 무엇을 좋아하는가
아무도 사랑한 적이 없다고 너는 고개를 젓는다 방은 고
백을 하기에 좋지만

욕조는 깊고 손으로 찢을 수 없고
욕조는 구조를 갖는다
귀의 골격처럼

욕조는 방과 나란히 있지 않다 방은 욕조를 붙들고 있지
않고 욕조에 잠겨 있다 젖은 얼굴이 서서히 떠오르는 방식
으로 가슴이 무릎이

그리고 계약이
방에서 다음 조항을 제외하라

불안과 비겁
고백과 낭독

욕조는 남는다 욕조는 깊고 스스로 떠오르지 않는다

떠오르지 않으며 떠오르게 하는 힘에 의해 방은 지탱된다
욕조에서 분리된 방은 불안하다 두 개의 방은 하나의 욕조
에 의지하고

욕조의 구조는 낭독을 위해 좋다

하지만 너는 고백을 위해 일어나고 너를 위해 내가 단단
한 욕조를 부술 때 욕조가 붙들고 있는 방의 구조를 단번에
무너뜨릴 때

두렵고 선량한 음성으로 뜨거운 욕조 한가운데에서

네가 낭독한다,

물속에 숨긴 주먹과 파괴의 따뜻함을

사과의 둘레

너는 미안해야 해 질량이 없으니까 나를 내려놓고

자동차 불빛이 멀어진다 언덕 너머에서 편집되어 날아가는

헤드라이트 불빛 시를 쓴다는 건 밖에서 많이 울었다는 것

방에는 사과들이 가득하다 문을 열면 두 손에 각혈처럼
쏟아진다

사과를 문지르면 왜 뽀드득 소리가 나는 걸까

밖에는 저녁이 와 있다 둘레처럼 어떤 입자들이 흔들리며

떨어져내린다 내 애인은 왜 입으로 해주지 않는 걸까

입으로 해주지 않으니 내 애인이 아닌 걸까

여자친구를 구함

이유는 묻지 마시구요 백 년 동안 꽃을 먹는 여자여야 합니다 발포할 수 있는 여자여야 하고 죽은 나를 계속 죽일 수 있는 여자여야 합니다 라일락 말고 재스민 말고 비누를 먹는 여자여야 합니다 살구비누 먹고 아득해지다 살구꽃 날리는 세상으로 미끄러진 여자여야 합니다 어제는 꽃잎처럼 나무 아래 쌓이는 법을 배웠습니다 그러니까 우리의 서정은 검정이라고요 이유는 묻지 마시구요 누나는 아주 서정적인데요 꽃밭에는 신선한 봉지들이 가득합니다 누나가 바구니를 들고 꽃밭으로 갑니다 뚝뚝 봉지를 따면 안개처럼 검은 봉지가 올라옵니다 검은 봉지를 밀며 검은 봉지가 올라옵니다 끝없이 올라오는 꽃을 따서 누나가 입안에 밀어넣습니다 누나는 점점 다발이 됩니다 검은 봉지 한 다발 묶어들고 친구의 결혼식을 찾는 여자라야 합니다 봉지를 동지라고 발음하며 얼토당토않아야 합니다 밤에는 나무의 밑이 빛나는 숲에 들어가본 여자라야 합니다 숲에는 함께 들어갔던 흔적이 있고 어제는 새의 발자국이 지워졌습니다 그곳이 지워지고 있는 여자를 사랑합니다 아이들의 목에서 터지는 환타를 판타지라고 말한다거나 이것을 시라고 한다거나 모르는 곳에 모르는 방 하나를 빌린 여자여야 합니다 빛나는 숲으로 들어가 돌아오지 않는 여자여야 합니다 이유는 묻지 마시구요

키스

욕조를 끌고 네가 우리에게 왔다 너는 더블린에서 오는 사람 어쩌면 더블린으로 가는 사람

너의 검은 욕조를 이끌어 우리는 욕실로 간다 너의 몸에서는 파란 굴냄새가 난다

언제부터 슬프고 아름다웠나

아름다웠죠 그것의 뒤꿈치가 열려서 그것과 섹스를 한 적이 있어요

너는 같은 말을 한다 더블린의 하얀 눈 발자국 죽은 자의 신발을 귀에 가져다 대는 습관들

숨소리를 들을 수 있죠
그깟 숨소리?
그들이 나눈 입맞춤 마지막 키스!

너의 몸에서는 파란 굴냄새가 난다 검은 욕조를 뜯고 욕조 대신 우리는 피아노를 놓는다

소리가 나지 않는 건반을 찾으렴 황홀할 때 그 건반을 눌러야 하니까

그것이 우리의 유일한 선언 언제부터 슬프고 아름다웠나

욕실에서 피아노를 치니까 하지만 당신들의 피아노 소리
보다 슬픈 총소리를 들은 적 있죠
퀴즈를 낼까요 커튼을 치면 작은 욕조에 사람을 몇이나
넣을 수 있을까

우리는 지겨움에 빠져든다 일어나 욕실에서 끌어다놓은
욕조 안에 너를 눕힌다
너의 눈이 예뻐서 너의 눈동자에 키스를 한다

가여운 사람들 정말 가여운 사람들

너는 열 번 같은 말을 하고 열 번 신발을 벗어 귀에 가져
다 댄다
더블린을 지나는 중이었죠

더블린에 가기 위해
우리는 커튼을 치고 뜨거운 키스를 퍼붓는다 더블린에도
눈이 내리는가 너에게 묻는다

너는 같은 말을 한다,

더블린이란 말은 검은 물웅덩이
죽은 눈 속의 욕조

야경

나는 방을 찾지 못한다 방은 희고 빛나는 것으로 가득하다

나는 나의 이름이 몬드리안이라고 생각하는 것 같다 몬드
리안이어야 한다고 잠시 생각하는 것 같다 이장욱과 신해욱
중에서 누굴 더 좋아해야 하는지

나를 위해 잠깐만 헤어지라고 권고하면 어떨까 두 사람 사
이에 내가 누워 있는 건 어떤가 불을 끄고 다 같이 폴란드 영
화나 보자면 나를 때릴까

사람들은 어떻게 폴란드와 헝가리를 구별하는가 알지 못
하는 장면이 알지 못하는 장면으로 태어나는 방을 훔쳐보
며 혼자 운 것 같다

찢을수록 아름다운 것들에 대해 생각하게 되는 것 같다

예를 들면 얼룩말 예를 들면 이스마엘

나는 방을 찾지 못한다 나는 가본 적 없는 도시들을 기억
하고 있다 가령 샌프란시스코 비 오는 밤거리의 샌프란시스
코가 선명하게 기억난다 가본 적이 없는데

얼굴에 일렁이던 광장의 불빛이 기억난다 불 앞에 앉아 그

들은 무엇을 하고 있었나

　눈부신 붕대로 가득하던 방의 문을 열어본 기억이 난다 빛
을 풀어내던 손들이 기억난다

　나는 방을 찾지 못한다

초록색 방

젖은 감자를 보면 종교를 갖고 싶어져 또는 젖은 종이

미안해 내가 너를 아름답게 했구나

너의 발이 나의 발에 닿아 있다 그 사이에서 따뜻한 종이
는 생긴다
따뜻한 종이에는 따뜻한 방이 있고 방에는 슬픈 야콥과 더
슬픈 야콥이 있다

야콥은 누워 있다

나는 따뜻한 야콥을 해부한 적이 있다
피가 없는 야콥은

젖은 종이

나는 초록과 혼돈
내가 찾는 것은 초록색 철사

철사로 긁어서 내가 방을 만든다 방은 따뜻해지고 철사
는 식어버린다
철사로 방을 긁어 내가 다시 태어난다 방의 안쪽을 길게
긁어서 누워 있는 야콥이 태어난다

미안해 내가 나를 성모라고 불렀어

초록과 혼돈

내가 찾는 것은 자주색 철사

3부

모호한 스티븐

야곱에게

오후엔 보리밭에 탁자를 내놓는다
각설탕이 말라가고 있다

향기는 어디서 오는 걸까

보리밭에 수녀들이 있다 노래는 시원하고 죽은 누나에게
총을 사준 일을 말하지 않았다
언젠가 우리는 이 모든 일을 알아듣기 위해 눈을 감겠지만

안녕 각설탕 안녕 콜롬비아

바람은 언덕에서 불고 노래는 시원하다 보리밭에
트럭이 있다 밤엔 각설탕처럼 빛났어

알아 닦은 곳에 그림자가 생겼어

하지만 네가 무섭다고 해서 언덕을 내려간다 저녁엔 해변
으로 가서 총을 사고
모든 일을 알아듣기 위해 언젠가 눈을 감겠지만

안녕 야곱 안녕 콜롬비아

보리밭에 야곱이 있다 오후엔 탁자를 내놓는다 바람은 시

원하고 ⸺

말해질 수 없는 것

건축

이언 커티스는 죽을 듯이 노래를 불렀고

죽었다 무대 위에서 보여주던 몸부림은 벽이 무너지는 순간을 닮았다

벽이 사라졌다고 생각해보자 계단은 한 그루 나무가 된다 광폭하고 슬픈 소리를 품고 있지만 이 나무로는 기타를 만들 수 없다 스르르

나무에서 내려오는 뱀처럼 내가 콧노래를 부르며 떨어진다

벽돌을 던지며 안녕

방금 죽은 새처럼 붉고 단단하네 이륙하기 위해 벽돌은 건축을 택하고 편대비행을 시도하려 방마다 라디오를 켜네 벽이 투명해졌다고 생각해보자 목에서 금발의 전류가 발생하는

커트 코베인은 죽을 듯이 노래를 불렀고

죽었다 목이 부러진 기타로는 아름다운 정원을 세울 수 없다 뱀은 나무 아래 모자처럼 앉아 있다 더 많은 모자를 던지며 안녕 붉고

선지 같은 벽돌들아 안녕 아픈 뱀이 모자 안으로 들어간
다 아스피린이라고 생각해 그리고 이제 모자를 너에게 준다
모자는 당장 슬픔을 배운다

  기타에 나무에 정원에 아스피린이 쌓인다 계단에 복도에
아스피린은 하얗다

  재니스 조플린처럼 못생긴

  내부에 하얀 벽의 거리가 생긴다 한 주먹 아스피린이 물
에 녹는 순간

유리공예가의 죽음

투명한 시간이 계속되고 있어 얼마나 아름다운 일이냐고 비가 내리면 손이 먼저 투명해진다 손이 사라졌기에 너는 아무것도 만들 수가 없었지

사무쳤으므로

어떤 유리의 거리가 부서지며 쏟아지는 걸까

너는 중얼거렸지 이해하기 위해서

하나의 대상이 있고 그 대상을 이해할 수 없다면…… 너는 말했다…… 유리알로 불어줘 내가 죽거든 나를 깨뜨려서 투명한

유리알 밟는 소리를 빗물 밟는 소리와 구별할 수는 없겠지만

언젠가 커다란 짐승의 성기를 만져본 적이 있어 그후로 발기가 되지 않는 것 같아 유리가 나오는 것 같아 너는 말했고 그래서 나는 슬펐다

그 새벽에 대롱을 불어 유리알을 만드는 너를 본 것도 같다 복숭아뼈처럼 둥근

투명하고 밀폐된 유리가 가득 담고 있는 빛을 본 것도 같지만

어서 이곳을 떠나야 한다고,

한참을 걷다 뒤돌아보았을 때 환한 것들이 가득 모였다 흩어지는 것을 보기도 하였는데

불로 들어간 것은 아닐 거라고 빛나며 통과하는 중일 거라고

둥근 유리알로 복숭아뼈를 박은 소년이 걸어간다 걸음을 따라 유리알이 깨지고 거리가 깨진다 깨지는 거리와 함께 깨지며

접은 곳

그늘을 보면 누군가 한 번 접었다는 생각이 든다 길에서
누군가를 만나거나 잃어버린 삶이 이쪽에 와 닿을 때 빛과
어둠 사이 오늘과 내일 사이

수긍할 수 없는 것을 수긍해야 하는 날 접을 곳이 많았다
접은 곳을 문지르면 모서리가 빛났다 창문과 절벽은 무엇
이 더 깊은가

어떤 대답은 갑자기 사라졌다 모서리가 사라지듯 그런 날
은 거리에 전단지가 수북했다 수도자의 발자국처럼 바람에
떠밀리며 가는

죽은 자들의 창문이거나 한 장의 절벽

버릴 수 없는 고통의 한쪽을 가장 잘 접은 곳에서 귀는 생
긴다

이해할 수 없는 시간을 몇 번 접으면 꽃이 되듯

종이처럼 눌린 분노를 접고 접으면 아름다운 거리가 된다

어떤 창문은 천 년 동안 절벽을 누른 것이다 창을 깨면 새
들이 쏟아진다 죽은 새를 접으면 고딕의 지붕 접은 곳을 펴

면 수도자의 기도는 다른 영역으로 들어간다

  아침에 일어나면 거리는 깨끗했다 기도하기 위해 손을 모
으면 지붕의 모서리가 보였다 지붕에 지붕을 업으면 죽은
새 손을 찢다 자꾸 죽은 새

언약

눈을 뜨면 침대가 둘이다 하나는 너의 것이고

하나는 누구의 언약일까 침대를 메고 거리로 나간다 조
용한 상점과

평화로운 정거장을 지나 침대들이 누워 있는 광장 검은 연
기처럼 변기에선 라일락이 자라지 리라와 라일락을 뿌리며

이곳으로 오렴 너에게 재의 말을 가르쳐줄게

침대와 침대 사이에서 포르말린이 탄다 잠을 자며 라일락
나무 사이로 한 사람씩 사라지는 소리를 듣는다 애통하는
자는 복이 있나니

리라와 라일락은 다른 말 더 많은 침대를 메고

광장으로 오렴 너에게 재의 언어를 훔쳐다줄게 사육의 밤
이 지나고

나는 손이 붉고 손만 붉어서 지독하게 온몸이 하얀 사람
내가 죽으면 묘지의 거리 말고 광장으로 오렴 리라와 라일
락을 뿌리며

관에는 빨간 변기를 그러면 나는 아침마다 변기에 앉아 라 ─
일락에게 인사를

눈을 뜨면 나의 말과 몸 사이로 너의 멸시가 오고 멸시
와 모멸로

사육의 밤을 피와 솜을 뿌리며 춤추듯 재의 언약을

모호한 스티븐 2

스테이크를 썹으며 스티븐이 먼 곳을 본다
흔들리는 하얀 밀밭 헛도는 자전거 바퀴

한 시간 삼십 분 낮잠을 자고 시장으로 산보를 가고
아직 죽은 아내를 사랑하고 주말엔 침례교회에 가고

가끔 부분적인 환경론자가 되거나
평화주의자가 되는 스티븐,

총알은 988m/s＝3556km/h의 속도로 날아간다
시속 3556킬로미터를 의미한다

어떤 총알은 평생을 날아간다,
스티븐의 머릿속에서

속도는 제로다

나는 새라고 생각해요, 녹슨 새
하지만 논리적 모순 아닐까요? 벽난로 앞에서

스티븐이 흔들린다 의자에는 상표를 떼지 않은 빨간 스
웨터가 있다
새벽에 일어나 스티븐이 침대 모서리에 앉는다 가만히

스티븐은 본다 쓰러진 스탠드와 두통약들을
운동장을 가로질러 시장을 가로질러 거리를 날아가는 녹
슨 새를

소리 없이 불타는 저녁의 밀밭을

모자의 진화

별이 폭발하면 모자를 써요
모자를 쓰는 순간 우리는 비행접시가 돼요
하룻밤을 날아 새로운 행성을 찾거나
푸른 은하를 살피며 기억나지 않는 별들에 대해 묻죠
우주가 아름답다는 믿음은
확인되지 않은 가설
미확인비행물체처럼 떠다니는 말의 정거장들과
폐기처분된 접시들이 중력과 척력 사이에서 부유해요
별과 별 사이를 날 땐 아인슈타인의 물리학을 의심해야
해요
관계는 상대적이지만 상처는 늘 절대적이니까요
날카로운 상처들을 피해 순간이동을 하고
슬픔은 빛의 속도로 버려요
낯선 언어는 걱정하지 말아요
새로운 별들은 많고
계수나무마다 챙이 둥근 모자 열리니까요
문제는 블랙홀이죠
우주에는 밝혀진 블랙홀만도 10의 10승으로 존재하고
불면의 밤마다 마신 커피나
아침에 쏟아버린 블랙커피처럼
내일의 블랙홀은 더 많아요
그것들은 대개
우리가 어떤 행성을 사랑하게 되었다거나

다른 접시들과 관계를 맺으려 할 때 발견되죠
당황하지 말고 모자를 벗어요
모자를 벗는 순간 모든 혐의에서 벗어나게 되니까요
미확인이 되니까요
맘에 드는 정거장으로 가서 며칠 쉬는 거예요
그러다가 어느 날
접시들 반짝이는 우주의 극장이 그리워지면
모자를 써요
우리는 비행접시가 되고
낯선 행성에 불시착해 교신을 하고 있거나
중력 이불 끌어다 덮으며 접시처럼 밤을 포개고 있겠죠
별들의 폭발중에 발견되기도 하겠죠

취미 생활

존은 좋은 사람 존의 집에는 검은색 탁자가 있고 경건한 형제들이 있다 숲으로 난 거실의 탁자에는 네 사람이 앉을 수 있다 형제는 루크를 기다리고 있다 자작나무 숲으로 눈이 내렸고 주방에선 나무 타는 소리가 들렸다 루크의 취미 생활은 저 숲과 관련이 있지 존이 회상했다 형제들이 공동으로 사용하는 지하실 전등이 깜빡였고 사물의 그림자가 흔들렸지만 형제는 고개를 돌리지 않았다 루크가 정말 좋아한 건 숲을 덮는 눈이었어 기도를 마친 마크가 회상했다 사라지는 자작나무들 때문이야 루크는 자작나무에 미쳤어 송아지 스테이크를 썰며 매튜가 회상할 때 어두운 자작나무 숲으로 눈이 내렸고 누군가 나이프를 떨어뜨렸다 눈 내리는 숲을 보며 아무도 나이프에 대해 얘기하지 않았다 나이프는 오래도록 탁자 밑에 떨어져 있었다 존은 좋은 사람 집에는 탁자가 있고 탁자에는 두 사람이 앉아 있다 형제는 마크를 기다리고 있다 주방에선 자작나무 타는 소리가 계속 들렸다 탁자를 만든 건 우리 중 누구였을까 하지만 조용히 일어나 창문을 닫는 일 외에 할 일은 없었다고 한쪽이 젖는 탁자를 보며 아침부터 존이 회상했다 형들은 스튜맛을 몰라 매튜는 송아지 스튜를 좋아하고 뜨거운 스튜를 한 국자 더 먹었더라면 좋았을 텐데 회상하고 있을 때 자작나무 사라지는 소리가 들렸고 눈이 내렸고 존이 혼자 눈 내리는 숲을 바라보았다 무엇이었을까 우리는 함께 무언가를 회상하며 여기에 앉아 있었던 것 같은데 그리고 존이 허리를 숙여 탁자 밑에

떨어진 나이프를 들었다 나무 계단에 서서 잠시 이제 지하 ⎯
실엔 몇 사람이 있을까, 생각하면서

비밀

이 정원에선 아무런 일도 일어나지 않아요 이미 모든 일
이 일어난 것처럼

내 몸의 뼈가 피리였다는 것을 나에게만 말해요

이국적인 습관을 갖기 위해 밤에는 뜨거운 불을 삼키고

구멍마다 불이 들어오면 빛이 새어나오는 몸을 이끌어 밤
의 정원으로 갑니다 정원은 기이한 소리로 가득해지고 세
상에 없는 슬픈 소리를 냈다는 중국 피리에 대해 생각하죠

숲에 혼자 서 있죠 내가 알지 못하는 얼굴의 윤곽들이 떠
올라요 얼굴은 모두 축축해요

흐르지 않고 코발트로 있어요 내 발은 허파보다 부드러
워요

피리의 구멍처럼 코발트 얼굴은 늘어나고

아름답고 따듯한 코발트를 하나씩 밟아 나는 정원을 가로
지릅니다 누군가의 얼굴에 푹푹 빠졌던 발에는 향기가 남아
요 달콤한 코발트 코발트에 발이 물들며

모르는 죽음에게 가요 정원에선 아무런 일도 일어나지 않아요 모든 일이 일어났던 것처럼

　내 얼굴에서 코발트가 끓고 있다는 것을 나에게만 말해요

　비밀은 이토록 보잘 것이 없고

　이리 와서 피리처럼 누워요 코발트를 휘젓고 우리 함께 진실과 살인을 준비해요

방과후

깨진 유리 같은 것이 계속 반짝였어
애들은 번지점프를 하러 간대

그런데 얼굴은 손수건으로 가지고 간대
저기가 세계의 끝일 거야

우리는 두꺼운 전화번호부를 한 장씩 찢어 불을 피웠어
한 아이가 울고 두 아이가 울었어

세 아이가 웃었어
그러자 다 같이 웃는 것 같았어

옥상에 전화 부스가 있는 이유는 아무도 설명해주지 않
았어
번지점프와는 상관이 없대 멀리서

깨진 유리 같은 것이 계속 반짝였어

옥상에는 왜 예쁜 페인트를 칠하지 않는 걸까
내일은 번지점프를 하며 반짝일 거야

아무도 일어나지 않았는데 모두가 일어난 것 같았어
아무 얼굴이나 들고 어디를 향해 가려는 불빛처럼

각자 아무 방향으로나 걸어가고 있었어
아는 애들이 오토바이를 타고 빠르게 지나갔어

파이프를 토해내는 새

변기에 앉아 있으면 소리가 들린다 바람이 관을 통과하는

새가 있대 파이프 안에

동생은 말했고 아무도 없는 날 바닥에 엎드려 세면기를 뜯
으면 새를 토해내듯 검은 물이 나왔다 파이프를 불었지 아
빠는 화를 냈지만

그건 새 한 마리를 날려보내는 일
젖은 새 두 마리로 밤의 철교를 잇는 일

텅 빈 소리가 그리워지면 복도를 걸었다 핸드폰을 열고 걸
으면 손에서 하얀 새가 태어나는 것 같다 복도는 조용하다
저 소리는 황홀하구나

세면기를 뜯어내고 파이프를 불었지 흰 장갑으로 목젖을
내는 일

새가 파이프를 토해내는 일

어제는 애인과 영화를 봤고 이제 더이상 황홀할 소리가 없
는데 어둠 속 두 손에 얼굴을 묻으면 파이프 위에 앉아 있
는 유령들이 보인다

손가락이 은빛으로 탄다

나는 일어나 트럼펫과 심장을 바꾼다
한번 더 그것이 내는 길고 슬픈 소리를 듣기 위해서

파이프를 불었지

선을 그으면 발생하는 것이 있다

튜브와 큐브

쓰러진 벽은 엎드려 자는 사람들 같다 두부처럼 예쁘게 자를 수만 있다면 한 개의 벽으로 천 개의 뒤통수를 만들 수 있다 그러니까 체크무늬 벽을 상상할 수 있다

흐느낄 일이 있으면 나도 모르게 벽을 짚었다 손으로 누르면 벽의 저쪽에서 무엇이 튀어나오게 될까 생각하면서 한 손으로 벽을 짚으면 동전의 앞면처럼 얼굴의 한쪽이 부푼다

벽의 이쪽과 저쪽을 연결하는 것은 유튜브나 빌리브가 아니다 타일 뒤에는 녹슨 튜브들이 있다 두드리면 오래된 음악처럼 물감이 흘러나온다 knock knock knockin' on heaven's

door*를 닫고 dual에 대해 오래 생각했다 잇몸이 자주 부었다 음악과 색깔을 다 구별해야 한다면 얼마나 슬플 것인가 그러니까 팔레트로 예쁘게 벽을 쌓은 큐브 같은 호텔을 상상할 수 있다, 섞이는

꽃병과 똥, 치약과 총, 불 꺼진 방이 돌아오거나 불을 켜놓은 방이 다시 사라졌고 움푹 들어간 벽이 얼굴로 보일 때마다 치약을 짜듯 옆방에서 아이들이 태어났다

* 밥 딜런의 노래 〈Knockin' On Heaven's Door〉에 나오는 가사.

조지 버나드 쇼

조지 버나드 쇼(George Bernard Shaw)에겐 낡은 타자기가 하나 있었지 George를 정성스럽게 쓴 다음 Bernard를 치려고 하면 Bird라고 찍는 아주 오래된 타자기였지 버나드만 치면 조지 버드 염병할 조지 버드 버나드는 미칠 것만 같았지 타자기를 들고 거리에 나가보기도 했지만 아무도 낡은 타자기를 사려고 하지 않았어 시끄러워 죽을 것 같아요 이놈의 새똥들 여자친구는 짜증을 냈고 타자기는 B로 시작되는 모든 단어를 버드로 찍기 시작해 브라운을 찍어도 버드 블랙을 찍어도 버드 버나드는 미칠 것만 같았지 예를 들어 제임스의 생일 파티에서 새로 사귄 여자에게 버나드가 브래지어를 선물하려고 해 "이 버드를 너에게 사랑으로 조지 버드가" 이런 식이 되니까 그래도 버나드는 계속 타자를 쳤어 예쁜 브래지어를 선물해야 하니까 "미안해요 번! 정말이지 쇼(Show)는 지겨워 무대에 불을 질러요" 여자들은 울었고 버나드에겐 낡은 타자기가 있었지 B를 찍으면 피가 튀는 "안녕 메리 이 유혈을 너에게 사랑으로 블러드 쇼 (Blood Shaw)가"

시간은 어디에서 태어나 무엇으로 사라지는가

명자나무 아래 앉아 엄마는 명자나무를 생각한다
엄마 아래 앉아 나는 명자가 무엇인가 생각한다

명자나무는 명자를 모른다
어둠 속에서 나는 어둠의 무엇에 대해 생각한다

나무의 어둠은 무엇인지 꽃의 어둠은 꽃인지
어둠의 속에 대해 생각한다

어둠은 꽃처럼 나무 아래 쌓인다
어둠이 벽으로 부푸는 한순간을 본다

벽은 하나의 순간이다
벽에는 바람의 선들이 잠들어 있다 누가 바람의 실을 뽑
아낸다

바람이 분다,

영원히 소멸하며 벽이 서 있다
어둠에는 무엇이 없어 어둠 속에서 나를 뽑아내지 못한다

명자는 명자나무를 안다
명자나무는 어둡다

명자나무 아래 누워 나는 어둠의 일을 생각한다
어둠의 일은 어둠이 하는 일이라 어둡다

무엇의 일은 무엇이 하는 일이라 무엇이라 말할 수 없다
엄마는 명자나무 아래 누워 명자나무 아래를 생각한다

명자나무는 어둡다

바람이 분다,

무엇이 무엇을 쏟아놓을 때
소멸할 때

비에게

b는 갔다

오늘 비가 올 확률은 30퍼센트라고 말했다
어떤 우산을 펴면 얼굴처럼 빗방울이 돋아난다

모든 우산의 밑은 독방 b는 반드시 온다
너는 정확하다 말하고 적막해진다 비가 온다 말하고 b로
온다

비는 뿔이다 뿔의 방식으로 오고 뿔의 목적으로 온다
세상의 모든 뿔은 투명하거나

핑크,

목을 더듬으며 나는 목젖의 목적에 대해 생각한다
양변기에는 목젖이 없다

오후 두시의 파티션에는 우산 같은 얼굴들이 있다
우산처럼 얼굴을 펴고 우산처럼 얼굴을 접는다

하루는 일기예보로 시작해 일기예보로 끝난다 천년이 한
결같다 우리는 주의한다
예보대로 비가 온다는 주의보다 b에 대한 예보는 예정에

없다는 주의다

  누구의 목에서 이 비는 쏟아지는지

어디엔가 홀로 목 기울이고 있는 사람 있을 것 같아
목을 들고 너에게로 간다 목젖을 누른다

우산을 펴듯 네 목 위에 내 얼굴을 펴면

우산처럼

확 펴지는 어둠

백진희를 봤다
— 짧은 날개의 역습

　운전석 뒷자리에 네가 있었어 어린 염소들이 배경화면을 뜯어먹고 있는 버스 안이었는데 뒷모습이었어 백진희다 이름을 부를 뻔도 하였는데 단말기 앞에 네가 있었어 전망 좋은 앞자리에 있었어 미래의 아이들은 가방에서 주사기를 꺼내 서로를 예방하고 있었는데 너는 햇살 좋은 뒷자리에 있었어 뒷자리에 앉아 있는데 어떻게 뒷모습이 보일까 물을 뻔도 하였는데 버스가 자꾸 예쁜 다리들을 태웠어 나는 창밖을 보다가 결혼을 하다가 하였는데 면사포처럼 거리가 너덜너덜했어 안장을 얹은 버스는 얼룩말처럼 옥상으로 올라가 전망 좋은 방이 되었어 토마토도 키우고 번지점프도 하며 버스 안에서 살아요 고민도 하였는데 버스 안에서 너는 버스 정거장처럼 앉아 있었어 내 앞에서 졸다가 변기 레버를 내리다가 하였어 내 무릎에 앉아 자꾸 내 귀를 내렸어 귀를 내릴 때마다 귀를 닮은 나비들이 태어나 창밖으로 날았어 나는 눈부신 전망을 보며 눈을 부수고 있었는데 너는 한쪽 날개로 나는 나비들을 전망하고 있었어 나비들이 돌아오는 역습의 순간을 바라보고 있었어

모호한 스티븐 1

  스티븐의 방에는 스티븐이 있다 제임스의 방에는 제임스
가 있다 스티븐은 스티븐의 방에서 나오지 않는다 제임스의
방에는 램프가 가득하다 어떤 저녁에는 절벽을 오르는 산양
의 뿔에 대해 생각한다 제임스가 빨간 스웨터를 벗는다 스
티븐은 스티븐 밖에서 잠을 잔다 가령 스티븐의 모자에 대
해서 생각해보자 스티븐은 스티븐의 모자 밖으로 나오지 못
한다 스티븐의 모자는 스티븐을 덮지 못한다 두번째 문장에
서 스티븐은 죽는다 가령 스티븐의 아내에 대해서 생각해
보자 스티븐의 아내는 마늘 향이 나는 소스를 좋아한다 스
티븐의 의자에는 정신의학자 제임스 길리건이 앉아 있다 왜
어떤 정치인은 다른 정치인보다 해로운가* 스티븐의 아내
가 하얀 접시들을 펼친다 스티븐은 집중해서 본다 식탁 위
접시들을 아내가 배열하는 표정을 스티븐이 일어나 접시들
을 밀어버린다, 어떤 표정을 밀듯, 스티븐이 난간에서 춤을
춘다 사라져봐 스티븐 떨어봐 스티븐 두번째 표정에서 스
티븐은 모호하다

* 제임스 길리건의 책 제목.

열세번째 이모에게

모르는 담장에 앉아 잠들었다 타는 몸을 지나 타며 오는 중이라고

이름이 에서라고 했다

종이를 구겨 귀를 만들었다 이제 너의 말을 적을 수 있다 모르는 여자애가 귀를 애무했다

이모, 하고 말해달라고 빌었다
이모, 하고 말하면 십 분 동안 슬퍼할 수 있다

모르는 여자애가 귀를 애무했다

젖을까봐 울었다

종이에 대고 종이라 말하면 종이는 소리를 낸다
피는 핀 적이 없다 기도해본 적이 없다 어둠 속에서 종이에 입을 대고

이모라고 말했다 비가 오는 날 찢어지는 소리 없이 찢어지는 것이 있다
이모라고 말했다 십 년이 지나도 슬픔이 사라지지 않았다

타는 몸을 지나 타며 오는 중이라고
배가 아프면 흰 봉투를 끓였다 흰죽을 저으며 귀를 짐작
했다

구겨지지 않을까봐 울었다 이름이 에서라고 했다

이름이 에서라고 했다

타는 몸을 지나 다시 타며 오는 중이라고

저무는, 집

　지붕의 새가 휘파람을 불고, 집이 저무네 저무는, 집에는
풍차를 기다리는 바람이 있고 집의 세 면을 기다리는 한 면
이 있고 저물기를 기다리는 시간이 있어서 저무는 것들이
저무네 저물기를 기다리는 시간엔 저물기를 기다리는 말
이 있고 저물기를 기다리지 않는 말이 있고 저무는 것이 있
고 저물지 못하는 것이 있어서 저물지 못하네 저물기를 기
다리는 말이 저무는 집에 관하여 적네 적는 사이, 집이 저
무네 저무는 말이 소리로 저물고 저물지 못하는 말이 문장
으로 저무네 새는 저무는 지붕에 앉아 휘파람을 부네 휘파
람이 어두워지네 이제 집안에는 저무는 것들과 저무는 말
이 있네 저물지 못하는 것들과 어두워진 휘파람이 있네 새
는 저물지 않네 새는 저무는 것이 저물도록 휘파람을 불고
저무는 것과 저물지 않는 것 사이로 날아가네 달과 나무 사
이로 날아가네 새는 항상 사이를 나네 달과 나무 사이 저무
는 것과 저물지 않는 것의 사이 그 사이에 긴장이 있네 새
는 단단한 부리로 그 사이를 찌르며 가네 나무가 달을 찌르
며 서 있네 저무는 것들은 찌르지 못해 저무네 달은 나무에
찔려 저물고 꽃은 꿀벌에 찔려 저물고 노을은 산머리에 찔
려 저무네 저무는, 집은 저무는 것들을 가두고 있어서 저무
네 저물도록, 노래를 기다리던 후렴이 노래를 후려치고 저
무는, 집에는 아직 당도한 문장과 이미 당도하지 않은 문장
이 있네 다, 저무네

사라지는 세계와 살아나는 이야기

오은(시인)

손끝과 공끝, 직구와 변화구

여성민은 시에서 직구와 변화구를 능수능란하게 구사한다. 독자로서 공끝을 읽어내기는 쉽지 않다. 직구는 날카롭고 변화구는 어디에 떨어질지 예측하기 힘들기 때문이다. 어떤 시는 직구처럼 날아왔다가 변화구가 되어 솟구치기도 하고 변화구처럼 시종 꿈틀거리며 다가오다 재빨리 몸 상태를 바꾸어 직구처럼 가슴팍을 파고들기도 한다. 타자든 포수든 이 공을 처리하기는 쉽지 않을 것이다. "최후에는 기린의 자세로 일어서"(「진술로 가득한 방」)는 공은 머릿속을 헤집어놓기 충분하다.

그의 시는 크게 두 가지로 이루어진다. 호명 또는 지시하며 시작되는 시와 불쑥 시작되는 시가 바로 그것이다. 전자의 경우, 시는 '이것'과 '이곳'을 일러주며 진행된다. 당신이지금 어디에 있고 이제 어떤 이야기를 듣게 될 것이라는 직구의 방식. 그러나 이 직구는 생각처럼 곧지 않다. 곧이곧대로 이 공을 맞아들이다간 헛스윙을 하거나 공에 몸을 맞기 십상이다.

이것이 너의 슬픔이구나 이 딱딱한 것이 가끔 너를 안
으며 생각한다

이것은 플라스틱이다

116

몸의 안쪽을 열 때마다 딱딱해지는 슬프고 아름다운

플라스틱

(……)

다른 몸을 만질 때 슬픔이 가능해지는

불가능한 플라스틱
                                    —「불가능한 슬픔」 부분

 그가 "이것이 너의 슬픔이구나"라고 말할 때, 우리는 어쩔 수 없이 그다음 말을 기다릴 수밖에 없다. 지시대명사가 사물이 아닌 슬픔과 같은 추상명사를 가리키는 경우는 더욱 그렇다. 이것의 정체가 못내 궁금해지는 것이다. 이것이 플라스틱을 가리킨다는 사실을 아는 순간, 호기심은 더욱 커지게 마련이다. 지시는 일종의 알림인데, 이 알림의 정보가 불충분할 때 우리의 촉각은 곤두설 수밖에 없다. 얼른 다음 알림을 받아 비정형의 그것을 정형에 가두고 싶어진다. 이제 알림은 일종의 알람(alarm)이 된다. 네가 주시하고 있는 것에 대한 경보 내지는 그것이 야기한 불안.
 공교롭게도 플라스틱은 가소성(可塑性)을 지닌 물질이

다. 탄성 한계 이상의 힘을 받아 이미 형태가 한 번 변화한 물질, 다시 힘을 가해도 본래의 모양으로 돌아가지 않는 물질. "몸의 안쪽을 열 때마다 딱딱해지는 슬프고 아름다운// 플라스틱"은 변했다는 사실에 슬프고, 또다시 변하지 못한다는 사실에 또 한번 슬플 수밖에 없다. 그리하여 플라스틱은 "다른 몸을 만질 때 슬픔이 가능해지는" 물질이 된다. 이미 슬픔이 가득해서 슬픔이 뭔지, 자신이 슬픈지도 미처 인식하지 못하는 사람이 다른 질감의 슬픔을 접했을 때 비로소 깨닫게 되는 생생한 감정처럼.

그래서 그의 직구는 "이곳은 아프리카입니다"로 시작해서 "계속 아프리카입니다"(「아프리카입니다」)로 끝나는 시처럼, '계속'의 상태로 남아 있다. 혹은 "그때 나는 하나의 파이프에 대해서만 생각하고 있었다"로 시작해서 "그리고 당신은 빛에 대해 말했다"(「파이프」)로 끝나는 시처럼, '다음'의 상태를 열어젖힌다. "은유가 벗겨진 세계의 은유"(「니스」)처럼 공을 받아도, 공을 쳐내도 그 공은 계속해서 회전하면서 앞으로 나아가려고 하는 것이다. '불가능한 슬픔'은 이런 방식으로 계속해서 가능해지려고 한다. 요컨대, 슬픔은 불가능하고 여운은 가능하다. 지시는 계속될 수 있다.

후자의 경우는 이를테면 무방비 상태에서 들어오는 잽(jab) 같은 시다. 잽은 잡(job)이라도 되는 것처럼 천연덕스럽고 능수능란하게 이루어진다. 하지만 잡은 천직(vocation)과는 다르므로 온 마음을 다해야 하는 숭엄하거나 진

지한 작업은 아니다. 이를테면 둘이 마주앉아 있다가 불쑥 "근데 있잖아……"로 시작되는 이야기. 한번 길들여지면 으레 그 사람이 할 법한 이야기라 크게 신경에 거슬리지 않는 이야기. 오히려 '또 어떤 이야기를 내게 들려줄까?' 내심 기대하며 귀를 쫑긋 세우는 이야기. 이렇듯 기분좋은 느닷없음은 변화구에서 온다.

가령 이런 식, 비가 내리거나 시럽을 듬뿍 넣은 카페라테를 마시거나 비가 내리거나 외롭지 않기 위해 동물원에 가거나 비가 내리거나 흔들리며 흔들리며 비가 내리거나 가령 이런 식, 가까운 숲에서 먼 숲으로 길이 사라지는 지하에서 옥상으로 계단이 사라지는 508동에서 511동 뒤편으로 손전등 불빛이 사라지는 지상에 먼저 도착하기 위해 아이가 신발을 벗는 그러니까 가령 이런 식, 국경선의 한 무리 양떼 옆에 딱딱한 빵을 뜯다가 세 개의 강에서 올라오는 푸른빛을 보며 무릎을 만지는 경계병 소년 옆에 에이케이소총 옆에 소년은 모두 손가락이 길다 케네디는 아직 비행기를 타지 못했다 쓰레기를 뒤지는 개 축구공이 터진 공터 깨진 유리창으로 햇살이 스며드는 스타벅스 매장 옆에 콘크리트 철근에 매달린 트랜지스터라디오 옆에 예스터데이 음 음 음 음 예스터데이 옆에 오줌을 누다가 길의 끝을 바라보는 어린 소녀의 눈동자 옆에, 죽은 눈, 죽은 눈, 그러니까 길의 끝에서

아무것도 오지 않는

　　　　　　　　　—「무엇이 오는 방식」 전문

　　이 시는 변화구의 방식으로 시작된다. "가령"이라는 부사
가 끌어오는 상황들이 그야말로 도열해 있는 셈이다. 상황
은 제각기 다르지만, 그것이 향해 있는 것은 "무엇"이고 그
무엇으로부터 장면이 만들어진다. "비가 내리거나"로 시작
된 연상은 커피를 마시는 사람, 동물원에 가는 사람을 불러
들인다. 연상은 가까운 숲, 먼 숲을 지나 지하, 옥상, 508동
을 거쳐 511동 뒤편에 가닿은 다음, 이윽고 국경선에 다다
른다. 국경선을 넘어야 오고 있는 무엇을 마침내 만날 수 있
다. 경계를 넘어야 시가 완성될 수 있다. 그러나 우리는 곧
"케네디는 아직 비행기를 타지 못했다"는 문장을 만나게 된
다. 이는 단순히 맥거핀(MacGuffin)일 수도 있지만 어떤
순간을 맞이하려는 시인-저격수(poet-sniper)의 순간이 유
예되었다는 것을 의미하기도 한다. 케네디가 비행기에 타는
순간은 오지 않았고, 그가 댈러스에 도착해서 암살당할 때
까지의 시간은 자동적으로 유예된다. 그 순간까지는 끊임없
이 다음 장면을 상상할 수 있다.
　　매 시편마다 그는 결정적인 순간을 기다리고 그것을 맞
이하기 위해 불가능한 연상을 시도한다. 그렇게 해야만 '가
령'이 '마침내'가 되는 순간이 찾아오리라는 것을 그는 알
고 있는 셈이다. 이는 마치 프랑스의 사진작가 앙리 카르티

에브레송(Henri Cartier-Bresson)의 다음과 같은 말을 떠올리게 한다. "평생 삶의 결정적인 순간을 찍으려 발버둥쳤으나 삶의 모든 순간이 결정적 순간이었다." 장면에서 순간이 뛰쳐나올 때, 연상이 전혀 새로운 것에 당도할 때, 무엇은 오고 시는 완성된다.

그러므로 "무엇이 오는 방식"은 그에게 시가 찾아오는 방식이기도 하면서, 그가 시를 능동적으로 찾아가는 방식이기도 하다. 동시에 「무엇이 오는 방식」은 그가 시를 쓰는 방식, 즉 일종의 시작법에 대한 시이기도 하다. 그러나 안타깝게도 연상의 끝은 거의 매번 실패로 돌아간다. "쓰레기를 뒤지는 개 축구공이 터진 공터 깨진 유리창"처럼 폐허의 모습을 하고 있다. 어쩔 수 없이 일상으로 돌아올 수밖에 없는 것이다. 이처럼 연상이 '무엇'이 되는 것은 그리 만만한 일이 아니다. "길의 끝에서 아무것도 오지 않는" 경우가 비일비재하다. 그래서 그는 모든 순간, 그러니까 순간을 찾아 헤맨 순간까지도 결정적 순간이라 생각하고 그 순간'들'을 렌즈가 아닌 백지에 담은 것이다.

이번에는 오는 줄 알았는데 결국 오지 않는 것을 기리는 마음은 어쩔 수 없이 슬픔에 가닿는다. "너는 슬픔이 오는 쪽으로 눕는다고 말한다 나는 베이징으로 간다 베이징을 지나 장마전선이 북상중이라는 말을 들었다"(「슬픔이 오는 쪽」)처럼 문장은 다음 문장을 불러들인다. 물수제비뜨듯 연상 위에서 총총 건너가는 언어 때문에 그의 연상은 멈추는 날이 없다. 그리고 연상이 실패하리라는 것을 감지하는 슬픔은 그를 더욱 집요하게 연상하도록 만든다. 그에게는 그것이 생래적인 것이다. 자기도 모르게 하고 있는 어떤 것이다. 그래서 그는 "아무렇게나 떠오르는 첫 문장으로 인사를 하고 장미 여관에"(「장미 여관」) 갈 수밖에 없다. 공간은 시간을 거스르고 시종 변화하는 시공간에서 그는 이제 누구든 될 수 있다. 무엇이든 쓸 수 있게 된다.

불특정한 다수-되기, 불안정한 상황-되기

이 세계는 이해할 수 없는 것들로 가득차 있다. 그리고 매일 이해할 수 있는 것과 이해할 수 없는 것 들이 동시다발적으로 저지르는 이해할 수 없는 일들이 벌어진다. 세계는 이렇게 조금씩 더 불가해한 공간이 된다. 내가 발 들이고 있지만 쉽사리 손쓸 수 없는 공간. 이때 우리가 할 수 있는 몇 가지 일들이 있다. 세계를 전면적으로 비판하거나 아예 뒤로 숨어버리는 것. 상황에 적당히 발 들였다 어느 순간, 슬쩍 발을 빼는 일도 가능할 것이다. 또는 이런 것도 가능하다. 마치 다른 세계의 일이라는 듯, 자기와는 상관없는 일이라는 듯 풍자와 조롱을 십분 활용하는 것. 그리하여 손쓸 수 없는 상황에서 마지막으로 머리를 굴려 손을 쓰는 것.
이중 여성민은 풍자와 조롱을 선택한 것처럼 보인다. 풍자와 조롱의 중심에는 보통 비웃음이 있지만, 그는 대상을 익숙하면서도 낯선 인물로 설정함으로써 비웃음을 다른 차원으로 끌어올린다. "누구지?"라고 묻다가 그게 "누구나"란 사실을 깨닫고 우리의 머릿속은 곧 새하얘지고 만다. 그는 이를 위해 백지라는 공간을 십분 활용한다. 백지는 가능성과 불가능성을 둘 다 가지고 있는 공간이다. 무엇이든 쓸 수 있는 공간인 동시에 아무것도 쓸 수 없는 공간. 아무것도 쓸 수 없을 때, 나는 마치 다른 사람이 된 것 같은 느낌이 든다. 여성민의 시 속에서는 다른 사람이 된 것 같은 느낌이 실제로 이루어진다. "몸을 확인하기 위해 유리를 깨고 들어가는"(「불빛」) 일들이 서슴없이 일어난다. 불가능이 가능으로 변모하는 순간이다.

그는 누구나 될 수 있다. 이 말인즉슨, 그가 어떤 상황에든 속할 수 있다는 말이다. "맥 라이언과 톰 행크스는 부부가 아니다 톰 행크스와 톰 크루즈가 부부다 톰은 사방에 숨어 있다"(「시애틀」)는 구절처럼, 그는 사방에 숨어 있다. 어디서든 나타날 수 있다. 「보라색 톰」에서처럼, 제3의 톰으로 등장해도 전혀 이상하지 않다. 심지어 톰이 아닌 스티븐(「모호한 스티븐 1」)이나 존(「취미 생활」)이어도 괜찮다. 외국인을 경외의 눈길로 바라보던 시절도 있었고 외국인을 배척하거나 무시하던 시절도 있었지만, 지금은 외국인이 특별하지 않은 시절, 그렇다고 마냥 친근하지만은 않은 시절이다. 그는 시적 상황을 구성하는 데 이 어정쩡함을 활용한다. 게다가 영화에서 몇 번쯤은 본 것 같은 인물들이 멜팅 팟(melting pot)처럼 섞여드는 장면은 익숙한 것을 낯선 것으로 만들기에 충분하다. 혼성모방(pastiche)이 될 뻔했던 상황은 유머를 획득하기에 이른다.

"스미스 부인은 스미스와 웨슨의 탄알이 근본적으로 다르지 않다고 말했다"(「스미스 부인」)라는 구절처럼, 여기와 거기의 인물들은 근본적으로 다르지 않다. 세계 또한 마찬가지다.

벨기에 벨기에 너는 모르는 말을 중얼거린다 요 귀여운 것아 나는 외국에 가본 적이 없단다 해바라기 밭에서 나 가본 적도 없지 얼마나 넓고 잔인한지 그런데도 너는 외국을 보여달라고 칭얼거린다 벨기에 벨기에 하면 귀가 간지러워요 그렇다면 외국은 어디에서 오는가 채광 좋은 침대에서 누군가 알몸으로 크레용 양말을 신을 때 외국의 감정을 숨기고 해바라기를 잘라 찌를 때 나는 섬광을 본다
　　　　　　　　　　　　　　　　　　—「섬광」 부분

외국은 먼 데 있지 않다. 아니, 지리적으로는 멀리 있지만 상상할 때는 가까워질 수도, 더 멀어질 수도 있는 곳이 바로 외국이다. 여성민에게는 굳이 가보지 않아도 되는 곳이기도 하다. 그에게 본다는 것은 시야(vision)에 들어오는 것에 국한되어 있지 않기 때문이다. 대중매체의 영상(vision)뿐만

아니라 상상(vision)까지도 그는 '본다'고 느낀다. 그야말로 비전이 있는 셈이다. 그래서 그는 가보지 않은 곳조차 "얼마나 넓고 잔인한지" 이미 잘 알고 있다. 여성민은 "채광 좋은 침대에서 누군가 알몸으로 크레용 양말을 신을 때"처럼 상상할 수 있고 "외국의 감정을 숨기고 해바라기를 잘라 쩌를 때"처럼 상상을 직접 실행에 옮길 수도 있다.

"나는 가본 적 없는 도시들을 기억하고 있다 가령 샌프란시스코 비 오는 밤거리의 샌프란시스코가 선명하게 기억난다 가본 적이 없는데// 얼굴에 일렁이던 광장의 불빛이 기억난다"(「야경」)라는 구절을 보자. 가본 적 없다는 것은 일차적으로 경험하지 않았다는 말로 해석된다. 하지만 그 공간이 영화나 책에서 종종 봐오던 공간이라면 얘기는 달라진다. 그리고 그 간접경험이 쌓이면 쌓일수록 공간은 점점 견고해진다. 기시감이 만들어지는 지점도 바로 여기다. 그리고 그 기시감은 독자로 하여금 "믿는다고 말하면 보게 될 것 같"(「비전들」)은 이상야릇한 감정을 선사한다. 낯섦과 낯익음이 기분좋게 만나는 순간이다.

그에게 외국이나 외국의 도시는 방과 다를 바 없다. 「진술로 가득한 방」 「세 번의 방」, 그리고 「초록색 방」처럼, 형체는 불분명하지만 어딘가에는 분명 있을 것이라 생각되는 공간이다. "너의 눈에서// 나는 네가 보는 것을"(「세 번의 방」) 보게 되는 것처럼 누군가의 시선을 빌려 바라보는 공간이다. "따뜻한 종이에는 따뜻한 방이 있"(「초록색 방」)는 것처럼,

3차원이 2차원으로 탈바꿈할 수 있는 공간이다. "스티븐의 방에는 스티븐이 있다 제임스의 방에는 제임스가 있"(「모호한 스티븐 1」)는 것처럼 잠정적으로 규정할 수 있는 공간이다. 내가 만들 수도, 만들었다가 무너뜨릴 수도, 무너뜨렸다가 다시 만들 수도 있는 공간이다. 가보지 않아서 상상에는 제약이 없고 거침이 없다. 아는 것은 분명 힘이지만, 모르는 것은 약이 될 수 있다.

　　부드럽고 감촉이 좋은 것 같지만 막상 앨버트 앨버트 앨버트만 꺼내 불러보면 앨버트는 딱딱하고 색이 없다 앨버트는 구조가 없다 구조가 없는 앨버트에게 구조에 관해서 설명하기란 쉽지 않아서 앨버트 어디 있는가 물에 빠진 앨버트 아인슈타인이 있고 앨버트 까뮈가 있다 우리가 자넬 구조하러 왔다네 앨버트 보트를 타고 손전등을 비춰 보지만 앨버트는 보트보다 애인들의 입술 위에 있다 앨버트 아인슈타인을 알베르트라고 부르는 앨버트의 애인이 있고 앨버트 까뮈를 알베르라고 부르는 앨버트의 애인이 있다 참을 수 있다 애인은 앨버트처럼 색과 구조를 갖지 않으니까 부드럽고 감촉이 좋으니까 파고들기 위해서 앨버트 하고 부르지만 파고드는 순간에는 구조가 발생한다
　　　　　　　　　　　　　　　　　　　　—「앨버트」부분

불가해하고 유동적인 세계 속에서 살아가는 인물들 또한

세계와 다를 바 없다. 앨버트가 알베르트, 알베르로 변형되는 것처럼 다분히 자의적인 것이다. 앨버트가 영미권에서는 앨버트라 불리고 프랑스에서는 알베르, 프랑스를 제외한 다른 유럽국가에서 알베르트라고 불리는 것처럼, 하나이면서 여럿인 것이다. 한 가지 재밌는 것은 "앨버트는 구조가 없다"고 말하는 순간, 공교롭게도 구조가 생성된다는 점이다. 부르는 순간은 파고드는 순간과 겹치고 이는 구조가 생기는 순간과 이어진다. 의미가 발생하는 게 비로소 가능해지는 순간이 된다. 이처럼 여성민에게 세계는 시 속에서만 유효하고 인물들 또한 시라는 구조 내에서만 유의미해진다. 유한한 배경이 무한한 상상력과 만날 채비가 된 것이다.

 여성민이 직조하는 세계는 언뜻 피터 위어(Peter Weir) 감독의 영화 〈트루먼 쇼(The Truman Show)〉(1998)를 떠올리게 한다. 트루먼은 쇼의 주인공으로, 시청자들은 24시간 동안 아무때고 그의 일거수일투족을 시청할 수 있다. 물론 트루먼은 그 사실을 모른다. 트루먼은 자기 자신을 평범한 샐러리맨으로 여기고 실제로 그렇게 생활하고 있다. 여기서 트루먼(Truman)이라는 이름이 진짜 사람(true man)을 암시하고 있다는 점은 의미심장하다. 자신은 말 그대로 진짜 사람이지만 시청자들에게 그는 그저 쇼의 출연자일 뿐이다. 쇼의 주인공은 삶의 주인공과 일치하지 않는다. 삶이 쇼의 플롯에 따라 흘러갈 때 주체의 독자성은 희미해질 수밖에 없다.

그렇기 때문에 트루먼의 방은 방송을 위한 스튜디오고 그가 출퇴근하고 여가를 즐기는 공간은 일종의 세트장이다. 그의 주변에 있는 인물들 또한 모두 배우다. 사건은 사전에 가정(假定)되거나 가장(假裝)되어 있다. 여성민의 세계에 등장하는 인물들 또한 시를 위해 캐스팅된 출연자인 동시에 세계 어딘가에 진짜 있는/있을 법한 사람이다. 극중 트루먼은 속으로 좋아하던 여자로부터 모든 게 트루먼 자신을 위해 만들어진 가짜라는 말을 듣는다. 진짜 사람이 가짜 세계에 살고 있다는 말을 상징적으로 드러내주는 장면이다. 통제되는 세계이면서 실재하지 않는 세계, 여성민의 시가 보여주는 세계 또한 이와 다르지 않다. 존재하면서 온전히 존재한다고 말할 수 없는 존재, 여성민의 시에 등장하는 인물 또한 이와 다르지 않다. 불특정한 다수가 되는 데, 그리고 불안정한 상황이 되는 데 그는 전혀 거리낌이 없다.

찰리가 에로틱해도 되는 걸까 문장은 이어지지 않는다 플롯을 부는 여자의 입술처럼 플롯은 은밀하다 나는 찰리에 대해 생각한다 창문에서는 붉은 제라늄이 막 시들고 있다 찰리는 어떻게 됐을까 찰리에 대해 생각하기 전까지 나는 찰리를 몰랐다 (……) 문제는 찰리에 대해 생각하자 찰리가 떠났다는 것이다 어느 순간 찰리 a에 대해 생각했고 그러자 찰리 a는 찰리 b가 되었고 찰리는 빌리에 대해 생각하고 있었다 찰리에서 빌리로 옮겨간 것은 순간적

인 일이다 (……) 세계를 잠시 해체하는 것 같은 느낌이
찰리와 빌리 사이로 지나갔다 나는 그것을 에로틱한 각성
이라고 적어둔다 여자가 플룻을 가방에 도로 넣는다 플룻
은 숨어 있다

—「에로틱한 찰리」부분

표제작인 「에로틱한 찰리」에서 여성민은 "찰리에 대해 생
각하기 전까지 나는 찰리를 몰랐다"고 말한다. 생각하기 전
까지는 세계란 구성되지 않는다. 인물은 아직 잠재적인 상
태로 남아 있고 사건은 일시적이거나 불명확할 수밖에 없
다. 이것을 시 속에서 일으켜세우는 것이 바로 생각이고 연
상일 것이다. "원숭이 엉덩이는 빨개 빨가면 사과 사과는 맛
있어 (……) 무성하면 소나무"와 같은 동요 가사처럼, 꼬리
에 꼬리를 무는 연상은 어느 순간 계통이 무너지고 그 틈을
비집고 전혀 새로운 것이 등장하고 만다. 연상이 원숭이 엉
덩이에서 시작해 소나무에서 끝나듯, 찰리에서 빌리로 옮겨
간 것 또한 연상의 끝을 맞이하기 위한 하나의 단계에 불과
할 뿐이다. 그렇기 때문에 시는 끝나도 "플룻은 숨어 있"을
수밖에 없다.

에로틱하다는 것도 이를 가리키는 말일 것이다. "여자의
입술"처럼 은밀한 플룻, 찰리에서 빌리로 옮겨가는 "순간적
인 일"들, 그리고 "세계를 잠시 해체하는 것 같은 느낌"이
에로틱함을 구성한다. 하나도 모르거나 완벽하게 다 아는 세

계는 막연하거나 재미가 없다. 알 듯 말 듯한 세계, 간접적으로 접해왔던 외국과 같은 공간이 바로 에로틱한 것이다. 숨어 있는 듯 존재하는, 생각하면 떠나버리는, 떠올랐다가 금세 사라져버리는 이미지들이 에로틱한 세계를 조직하고 에로틱한 인물을 재현하는 것이다.

누구나 떠나기 위해서는 그전에 이미 있었어야 한다. 어떤 장면이 나타나기 위해서는 그전에 이미 숨어 있었어야 한다. 그리고 떠난 사람을 떠나기 전에 한발 앞서 기억하는 사람, 숨어 있는 것을 찾아서 마침내 나타나게 하는 사람이 다름아닌 시인일 것이다.

사라지는 세계, 나타나는 세계

직구와 변화구는 불특정한 다수와 불안정한 상황 속을 누비며 자신만의 궤적을 만들기 시작한다. 여성민은 흡사 공을 하나 던지고 잠시 숨을 고르는 투수 같다. 그는 그다음 공을 바로 던질 수도 있고 한참 딴청을 부리다 갑자기 던질 수도 있다. 연상의 리듬은 시시각각 달라지기 때문이다. 무엇보다 그는 리듬을 '깨는'데서 새로운 공이 나온다는 사실을 잘 알고 있다. 멈춘 공과 던지는 공 사이에서, 그리고 사라지는 세계와 나타나는 세계 속에서 이야기는 무궁무진해진다. 이야기는 구조 속에 잠시 머물다가 또다른 이야기 속으로 사라진다. 그 사이를 뚫고 새로운 인물들이 나타난다.
다른 이야기 속에서 찰리는 에로틱하지 않을 수 있고 스티
븐은 전혀 모호하지 않을 수 있다. 구조가 무너질 때 구조 속
에 담겼던 인물, 사건, 배경은 모두 초기화된다.

　　욕조는 남는다 욕조는 깊고 스스로 떠오르지 않는다

　　떠오르지 않으며 떠오르게 하는 힘에 의해 방은 지탱된
다 욕조에서 분리된 방은 불안하다 두 개의 방은 하나의
욕조에 의지하고

　　욕조의 구조는 낭독을 위해 좋다

　　하지만 너는 고백을 위해 일어나고 너를 위해 내가 단
단한 욕조를 부술 때 욕조가 붙들고 있는 방의 구조를 단
번에 무너뜨릴 때
　　　　　　　　　　　　　　　　　　　—「낭독」 부분

욕조라는 구조는 일단 남아 있는 상태다. 그렇기 때문에
이야기는 시작될 수 있지만 이는 다분히 잠정적인 것이다.
이 구조는 견고한 것이 아니다. 구조는 아직 순수 공간(spa-
tium)이지만 언제든 관계에 의해 거리가 좁혀지거나 멀어
질 수 있고 연상에 의해 우발적으로 분화될 수 있다. 이는 네

가 "고백을 위해 일어"날 때 쉽사리 금이 가버릴 정도로 취약한 상태와 다를 바 없다. 어떤 행동은 욕조의 상태에만 영향을 주는 것이 아니라 "욕조가 붙들고 있는 방의 구조"에도 영향을 미친다. "떠오르지 않으며 떠오르게 하는 힘"이 평형을 잃을 때, 뭔가 확 떠오르거나 가라앉아버릴 때, 구조는 불안해지고 급기야 무너지고야 만다.

그에게 있어 '신체를 담는 그릇'인 욕조는 언어적인 것이다. 그러므로 무의식 그 자체가 언어인 세계에서 계통 없는 연상이 중단될 때, 세계는 요동할 수밖에 없는 것이다. 이야기의 완성은 다음 시로 유예되고 연상은 지속될 수 있으며 에로틱함은 아직 발산될 여지가 있다. 욕조는 형태를 바꾸어 계속해서 나타난다. "욕조를 끌고 네가 우리에게 왔다"(「키스」)처럼 다른 욕조가 되어 등장하기도 하고 세면기나 운전석으로 탈바꿈해서 나타나기도 한다. 담을 수 있는 곳/것이면 무엇이든 상관없다. 복도(「찢은 복도」)도 꽃병(「꽃병의 감정」)도 침대(「언약」)도, 심지어 모자(「모자의 진화」)나 변기(「파이프를 토해내는 새」)도 괜찮다. 구조의 형태가 달라지면 그 안에 담기는 이야기의 내용도 달라진다. "선을 그으면 발생하는 것이 있다"(「파이프를 토해내는 새」)라는 구절처럼, 언제든 백지 위에 나타날 수도, 다른 선에 의해 순식간에 무너질 수도 있는 게 구조다.

학교에서 돌아온 언니가 유리병을 들고 들어온다 언니

는 감자를 깎아 유리병에 넣는다 감자는 마당에 쌓이고 언니는 끊어지지 않게 잘도 깎아 껍질을 병 속에 담는다 유리병 안에 껍질이 쌓인다 예쁜 동생아 계단이라고 생각해 빈집에서 가장 먼저 사라지는 건 계단이야 음악을 들으며 언니는 즐겁게 감자를 깎는다 계단은 병 속으로 사라지고 나는 사라지는 계단을 따라 유리병 속으로 들어간다 계단은 왜 밑으로 사라지는 걸까 계단이라는 중독 계단이 하나씩 사라져 집은 점점 빈집이 되고 나는 계단이 사라진 집에서 살금살금 건너뛰며 돌아다닌다 (……) 동생아 성스러움은 언제나 계단 아래 있지 언니는 자꾸 손을 베이고 유리병 안으로 피의 계단이 쌓인다 내가 유리병을 깬다 언니, 붉은 병을 보여줄게 다음엔 흰 병

—「유리병」 부분

이 구조 속에서 바야흐로 위태로운 이야기가 시작된다. 이야기는 기본적으로 틀 안에서 전개된다는 점에서 폐쇄적이다. 언니가 "감자를 깎아 유리병에 넣는" 순간, 내부에서 꿈틀거리며 이야기는 진행된다. 덕분에 우리는 구조가 만드는 팬옵티콘(panopticon)의 세계에 잠시 발을 들일 수 있다. 감자 껍질이 쌓이고 쌓여 계단을 만들고 그 계단을 따라 들어갔다가 계단이 점점 사라지는 것을 망연히 바라볼 수도 있다. 빈집이 될 때까지 구석구석 돌아다녀야 직성이 풀리는 발걸음처럼, 이야기는 우연히 나타났다가 필연적으로 사

라질 때까지 결코 멈추지 않는다.

이는 앞서 말한 〈트루먼 쇼〉의 상황과 일치한다. 언니와 예쁜 동생은 유리병이라는 세계 안에 들어간다. 그게 연출된 세계라는 것을 모르기 때문에, 통제되는 세계에서 실재하기 위해 매 순간 고투할 수밖에 없다. 계단 아래를 들추려 애쓰지만, 그 순간 이미 계단은 사라지고 없다. "언니는 자꾸 손을 베이고 유리병 안으로 피의 계단이 쌓인다". 하나의 구조가 사라지고 다른 구조가 등장하는 것이다. 욕조가 방의 구조를 뒤흔들었듯, 계단은 유리병의 구조를 뒤바꾸어 놓는다. 그리고 처음에 욕조가 그랬던 것처럼, 붉은 병과 흰 병의 이야기가 아직 '남아' 있다.

모두 다(pan) 볼 수 있지만(opticon) 거기서 이상한 기미를 발견하는 자는 많지 않다. 거기서 이야기를 찾고 섬뜩한 칼날을 집어드는 사람은 더 적다. 그 칼날로 다음 이야기를 시작하는 자는 아주 귀하다. 그것은 여성민처럼 치고 빠지기에 능한, 직구와 변화구를 자유자재로 구사하는 사람에게나 가능한 일일 것이다. 사라지는 세계에서 비로소 이야기는 살아난다. 이야기 속에서만 세계의 실체가 조금씩 드러난다. 그리고 "국경은 외부에 있지 않다 정글의 국경은 정글의 내부에 있다"(「연애의 국경」)고 생각하는 사람만이 이 세계 속으로 파고들 수 있다. 파고드는 자만이 "성스러움"을, 어떤 비밀한 것을 훔쳐볼 수 있다. 이 시퀀스는 매 시편마다 반복된다.

134

어떤 대답은 갑자기 사라졌다 모서리가 사라지듯 그런
날은 거리에 전단지가 수북했다 수도자의 발자국처럼 바
람에 떠밀리며 가는

　죽은 자들의 창문이거나 한 장의 절벽

　버릴 수 없는 고통의 한쪽을 가장 잘 접은 곳에서 귀는
생긴다

　이해할 수 없는 시간을 몇 번 접으면 꽃이 되듯

　종이처럼 눌린 분노를 접고 접으면 아름다운 거리가 된다
　　　　　　　　　　　　　　　　　　　　—「접은 곳」 부분

　그가 가닿은 곳은 결국 사라지면서 동시에 나타나는 세계
다. 현미경을 들이대면 만화경이 펼쳐지는 세계다. 들여다
보면 분명해지는 것이 아니라 점점 모호해지는 세계다. 애
초에 기대했던 광경이 아닌 이상한 것이 나를 맞이하는 세
계다. 익숙하면서도 낯설 수밖에 없는 세계다. 그래서 아무
리 살아도 삶은 익숙해지지 않고 연상은 거의 매번 이상한
곳에 불시착한다. "시를 쓴다는 건 밖에서 많이 울었다는
것"(「사과의 둘레」)이어서, 그는 매일 울고불고 쓸 수밖에

없다. "그런 날"들은 앞으로도 켜켜이 쌓일 것이다.

여성민은 세계의 불화를 떠안고 있다가 놓아주기 위해 '접는 일'을 선택한다. 접는다는 것은 구조를 변형하는 일, 새로운 구조를 만드는 일이다. 면의 개수를 두 배로 만드는 일, 접고 접어서 더이상 접을 수 없는 상태가 되는 일, 변할 수 없는 플라스틱이 되는 일, 그리하여 자발적으로 슬퍼지는 일이다. 그는 "이해할 수 없는 시간"과 이해할 수 없는 세계를 그렇게 관통하고자 한다. 접는 일은 이윽고 '되는 일'이 되고, 되는 일이 만들어낸 구조 속에서 그는 새로이 연상하며 다음 공을 어떻게 던질지 구상한다.

삶의 투구(鬪毆)는 끝이 없어서 그는 계속해서 투구(投球)할 수밖에 없다. 투구의 끝에서 시는 남고 문장은 사라진다. 시가 그려내는 세계는 사라지고 그런 세계가 있었다는 사실만 가까스로 남는다. 세계는 다시 비정형이나 무정형의 어떤 것이 된다. "저무는, 집에는 아직 당도한 문장과 이미 당도하지 않은 문장이 있"(「저무는, 집」)으므로, 그의 집에서는 머잖아 또다른 연상이 시작될 것이다. 그리고 '아직'이 '이미'가 될 때까지 연상은 저물지 않을 것이다. 이 시집을 접으면 어떻게 되지? 직구의 힘과 변화구의 유연함으로 가득할 그의 다음 시집이 바로 그 대답이 될 것이다. 그의 손끝이 만들어낼 새로운 공끝이 벌써부터 궁금해진다.

여성민 1967년 충남 서천에서 태어났다. 안양대학교와 총신대학교 신학대학원을 졸업했다. 2010년 『세계의문학』에 소설이, 2012년 서울신문 신춘문예에 시가 당선되어 등단했다.

문학동네시인선 068
에로틱한 찰리
ⓒ 여성민 2015

1판 1쇄 2015년 3월 16일
1판 5쇄 2022년 6월 13일

지은이 | 여성민
책임편집 | 곽유경
편집 | 김형균 김민정
디자인 | 수류산방(樹流山房) 본문 디자인 | 유현아
마케팅 | 정민호 이숙재 박치우 한민아 김혜연 박지영 안남영 김수현 정경주
브랜딩 | 함유지 함근아 김희숙 안나연 박민재 박진희 정승민
제작 | 강신은 김동욱 임현식
제작처 | 영신사

펴낸곳 | (주)문학동네
펴낸이 | 김소영
출판등록 | 1993년 10월 22일 제2003-000045호
주소 | 10881 경기도 파주시 회동길 210
전자우편 | editor@munhak.com
대표전화 | 031) 955-8888 팩스 | 031) 955-8855
문의전화 | 031) 955-3578(마케팅), 031) 955-2678(편집)
문학동네카페 | http://cafe.naver.com/mhdn
인스타그램 | @munhakdongne 트위터 | @munhakdongne
북클럽문학동네 | http://bookclubmunhak.com

ISBN 978-89-546-3507-3 03810

www.munhak.com

문학동네